Lara Schützsack

Und *au*ch s*o* b*i*tt*e*r k*a*lt

Roman

FISCHER Taschenbuch

MIX
Papier aus verantwortungsvollen Quellen
FSC® C083411
FSC
www.fsc.org

Erschienen bei FISCHER Kinder- und Jugendtaschenbuch
Frankfurt am Main, Mai 2016

Druck und Bindung: CPI books GmbH, Leck
Printed in Germany
ISBN 978-3-596-81214-1

für Amélie

One day, where the shoreline breaks,
We'll write in sand all our mistakes,
For the sea to wash away,
And you shall sit with me.

I am Kloot

Sommer

Am Himmel steht, rund und unglaublich gelb, der Mond. Lucinda und ich liegen auf unserer Brücke und schauen in den Himmel. Es ist eine warme, scheinbar endlos lange Nacht. Die Brücke, oder vielmehr das, was von ihr noch übrig ist, liegt am Rande der Stadt. Niemand kommt hierher. Nur wir. Wenn die anderen schlafen, schleichen wir uns aus dem Haus. Früher einmal gab es hier einen Fluss, und wenn man an dieser Stelle aus der Stadt wollte, musste man ihn überqueren. Beide Seiten der Brücke sind noch begehbar, in der Mitte jedoch sind Holzbalken erst vermodert und dann teilweise weggebrochen. Wenn man sich weit genug in die Mitte vorwagt, fällt der Blick meterweit hinab. Die Schilder, die einst an den Enden der Brücke standen und das Betreten bei Lebensgefahr untersagten, stehen heute nicht mehr da. Irgendjemand hat sie mit Graffiti besprüht und dann umgetreten.

Lucinda sagt, es sei wichtig, dass wir den Sommer in seiner ganzen Größe fühlen. Von überall aus den dunkelgrünen Gräsern und Büschen hört man das Zirpen der Grillen, das Zittern der Blätter im Wind. Nirgendwo sonst kann man eine Sommernacht so riechen wie hier.

»Wie riecht sie?«, frage ich. Lucinda atmet tief ein: »Feucht und schwer und beunruhigend. So als dürfte man niemals wieder schlafen, um ja nichts zu verpassen.« Dann liegen wir still auf dieser vergessenen alten Brücke. Manchmal raschelt es, als säße dort unten jemand im Gebüsch. Aber wir haben keine Angst. Denn das Gefährlichste ist die Angst selbst.

»Die Erwachsenen«, sagt Lucinda, »haben immer Angst. Alles beunruhigt sie. Am meisten die Sterne. Weil sie nicht verstehen können, wie etwas so hell und so schön und gleichzeitig Lichtjahre entfernt sein kann. Am liebsten würden sie so lange in den Himmel schießen, bis der hellste Stern hinunterfällt und auf dem Höhepunkt seines Lichts knisternd am Boden verglüht. Danach würden Wissenschaftler aus der ganzen Welt anreisen und den gefallenen Stern ansehen. Sie würden ihn an Kabel, Messgeräte und Computer anschließen. In all seine Einzelteile würden sie ihn zerlegen und die Ergebnisse in Formeln und Tabellen fassen. Aber sie hätten sein Geheimnis schon verraten.«

Wir halten unsere Köpfe in den Abgrund.

»Was ist, wenn wir fallen?«, frage ich.

»Wir fallen nicht«, sagt Lucinda und beugt sich noch weiter hinunter. »Guck doch, wie schön die Wüste unter uns ist.«

Eine Weile schauen wir einfach hinunter auf das trockene Flussbett. Dann legen wir uns mit den Gesichtern zum Himmel, und Lucinda erzählt von Tenebrien. Tenebrien ist das Land, in das alle gehen, die nicht für unsere Welt gemacht sind. Die Dünnhäutigen, die Gläsernen, diejenigen, die zu viel wünschen, diejenigen, die zu viel gewagt und zu viel verloren haben. All die Narben, die wir auf dieser Welt bekommen haben, heilt das Tenebrische Meer. Ein Wasser, das unvorstellbar tief und salzig ist und auf dem der Körper schwerelos treibt. In Tenebrien schlafen wir alle nackt und in Eisbärfelle eingewickelt, dicht nebeneinander. »So wie Eskimos«, sagt Lucinda.

»Alles ist einfach. Wenn man dort jemanden liebt, dann ist es für immer.« Natürlich hat Tenebrien auch ein Nationaltier, die blaue Katze. Die Katze hat leuchtend gelbe Augen und ozeanblaues Fell, sie zu treffen bringt Glück, sie zu berühren Trost. Tenebrien ist ein Dunkelland. Dort ist es immer Nacht, und am Himmel, sagt Lucinda, am Himmel stehen unzählbar viele Sterne.

Lucindas Stimme ist weich und tief, so tief, dass man sie fühlen kann. Sie spielt auf ihrer Stimme wie auf einem Instrument, streicht langsam jede ihrer Saiten, bis man Bauchschmerzen bekommt vor Sehnsucht nach dem, wovon sie erzählt. Am schönsten aber sind Lucindas Augen: schmale grüne Augen mit gelben Splittern darin. Augen, die man nicht mehr vergisst. Ich glaube, irgendwo auf dieser Welt denkt immer jemand an die Augen meiner Schwester. Lucinda ist so ein Mädchen, nach dem sich die Menschen auf der Straße umdrehen. Nicht, weil sie einfach nur schön ist, sondern weil man spürt, dass etwas mit ihr passieren wird. Etwas, das nicht jedem passiert. Man spürt es an der Art, wie sie sich bewegt, an dem Luftzug, der einen streift, wenn sie an einem vorübergeht. Man erkennt es an dem leichten Schatten, der über ihrem Gesicht liegt, und an dem Licht, das unablässig in ihren Augen flackert.

Als sie aufhört zu erzählen, bleiben wir noch lange liegen, lauschen den Geräuschen der Nacht. Ich nehme Lucindas Hand und lege sie an meine Wange. Die Hand ist kühl und riecht nach Metall. In der Ferne hört man Hunde heulen. »Hörst du das?«, fragt Lucinda, »in der Nacht klingt der Sommer anders. Als könne er einen verschlucken, und dann wäre man weg.«

Der Lenker wackelt gefährlich. Lucinda und ich fahren auf ihrem klapprigen Fahrrad, auf einer dunklen Landstraße. Weit und breit ist kein Auto zu sehen, deswegen fahren wir auf der Mitte der Fahrbahn. Lucinda fährt großzügige Schlangenlinien. Ich sitze auf dem Gepäckträger und habe die Arme um ihre Hüfte geschlungen. Ihr langes schwarzes Haar weht mir ins Gesicht. Wir singen *Über den Wolken*. Singen kann man das eigentlich nicht nennen, wir schreien eher. Ich bin der Background-Chor. Lucinda singt: »Über den Wolken«, und ich stimme ein: »Eyeyeyey!« Lucinda lehnt sich tief in die Kurven, und manchmal schreie ich leise auf. Aber nicht vor Angst, sondern weil etwas in meinem Bauch vor lauter Aufregung auf und ab hüpft und rauswill. Wir steuern direkt auf das blaue Licht der Aral-Tankstelle zu, als hinter uns plötzlich und mit hoher Geschwindigkeit ein Auto auftaucht. Wir bemerken es erst so spät, dass wir keine Zeit mehr haben, an die Seite zu fahren. Der Wagen weicht nur knapp aus, beinahe hätte er uns angefahren. Der Fahrer hupt wütend. »Über den Wolken«, brüllt Lucinda. Der Wagen bremst ab, kommt neben uns fast zum Stehen, rollt dann in unserem Tempo weiter. Das Fenster wird heruntergekurbelt. Ich kneife die Augen zu. Das habe ich schon als kleines Kind gemacht, die Augen fest zugekniffen, wenn es Ärger zu geben drohte. Damals dachte ich, dass ich dann unsichtbar bin. Obwohl ich inzwischen weiß, dass das ein Irrtum war, kneife ich auch jetzt die Augen zu.

»Mädchen, ihr fahrt ohne Licht mitten auf der Landstraße! Seid ihr eigentlich irre?« Die Stimme des Fahrers überschlägt sich vor Wut: Lucinda tritt fester in die Pedale: »Natürlich sind wir irre. Was glaubst du?«

»Das ist lebensmüde!«, brüllt er.
»Allerdings«, flötet meine Schwester.
»Ihr seid doch total bekloppt!«
Der Mann beschleunigt geräuschvoll und rast davon. Wir lachen. Ich drücke meinen Kopf an Lucindas Rücken und schlinge meine Arme noch fester um ihren schmalen Körper.
»Über den Wolken …«
»Eyeyeyey …«
Hinter dem Ortsschild biegt sie in einer halsbrecherischen Kurve zur Tankstelle ab. Wir halten direkt vor dem Fenster des Tankstellenshops. Lucinda schlägt mit der Faust gegen die Scheibe. Dahinter an der Kasse sitzt Bernd, ein Junge aus unserer Nachbarschaft. Bei dem Knall zuckt er zusammen, dann aber, als er Lucinda sieht, hellt sein Blick sich auf. Bernd ist schon achtzehn, aber klein, unscheinbar und pickelig. Die Mädchen aus unserer Straße lachen über ihn, sie nennen ihn Kratergesicht, und es ist ihnen egal, dass er es hört. Lucinda behauptet, dass er gerade deswegen interessanter ist als die anderen, weil er so aussieht.
»Verstehe ich nicht«, sage ich.
Und sie sagt: »Wirst du noch. Irgendwann.«
Lucinda steigt ab, drückt mir das Fahrrad in die Hand. »Du wartest draußen!« Dann betritt sie den grellerleuchteten Tankstellenshop, nicht ohne vorher ihren Zopf zu öffnen und einen Blick auf ihre Spiegelung im Fenster zu werfen. Ihr Schritt ist beschwingt. Ich beobachte sie durch die Glasscheibe:
Wenn Lucinda einen Ort betritt, gerät alles in Bewegung. Es gibt keine Gesetze mehr. Ihre Anwesenheit stellt alles in Frage. Sie wirft einen prüfenden Blick auf Bernd, und als sie zu ihrer

Zufriedenheit sieht, dass er nicht anders kann, als ihr mit den Augen zu folgen, steuert sie direkt auf die Eistruhe zu, fischt eine bunte Verpackung heraus, zeigt sie mir durchs Fenster. Twister, mein Lieblingseis. Ich nicke. Wie in Zeitlupe bewegt sich meine Schwester, als sie von der Tiefkühltruhe hinüber zur Kasse läuft. Langsam schiebt sie Bernd das Eis und eine Packung Kaugummi über den Ladentisch. Er greift, ohne aufzusehen, nach dem Twister. Sie hält das Eis eine Sekunde zu lange fest, so dass seine Finger ihre Hand berühren. Er schaut hoch, und als er ihren Blick auffängt, wird er rot und schaut schnell wieder zur Kasse. Dann zieht er die Sachen mit zitternder Hand über den Scanner. Lucinda lächelt, als sie sich umdreht und ohne zu bezahlen die Tankstelle verlässt.

»Komm!« Sie drückt mir das Eis in die Hand, greift nach dem Rad, steigt auf. Ich springe hinten auf den Gepäckträger. In Schlangenlinien fahren wir an, kichern.

»Guckt er?«

Einmal noch drehe ich mich um, von rechts nach links schwankend, aus dem Lichtkegel der Tankstelle hinaus in die Dunkelheit rollend.

»Ja, er guckt!«

Bernd sitzt vor seiner Kasse und sieht uns hinterher. Seine Schicht hat gerade erst begonnen. Und ich glaube, sie kommt ihm in diesem Moment unendlich lang vor. Er tut mir leid, denn genauso kommen mir die Nächte ohne Lucinda vor: unendlich lang.

»Kann ich heute bei dir schlafen?«, frage ich.

»Was?«, schreit Lucinda, die sich Wind und Haare um die Ohren rauschen lässt.

»Was hast du gesagt?«
»Bei dir schlafen, darf ich heute bei dir schlafen?«, rufe ich.
Lucindas Bett ist kein Bett. Es ist eine Höhle. Es ist ein Boot. Ein Höhlenboot, das uns durch die Nacht bringt, bepackt mit Tüchern, Postern, Büchern und vielen Geheimnissen – Steine, die sie von überall herhat und denen in der Dunkelheit magische Kräfte zufallen, Geschichten, die so unheimlich sind, dass ich mir ab der Hälfte die Ohren zuhalten muss. Meine Schwester trotzt allen Bitten, allem Flehen meiner Eltern, sie möge doch ihr Bett aufräumen. Im Gegenteil: Die Schätze, die das Bett birgt, nehmen mit der Zeit mehr und mehr Raum ein. Irgendwo dazwischen meine Schwester. Zugedeckt von Büchern, Notizen und bunten Tüchern.
In seltenen Nächten erlaubt Lucinda mir, bei ihr zu schlafen. Diese Nächte sind besondere Nächte, durchdrungen von unserem Flüstern, Lucindas weicher Stimme und meinen hundert Fragen. Meine Schwester beantwortet sie alle. Es gibt keine Wahrheit, die für alle Menschen gleich ist, sagt Lucinda, und deswegen gibt es auch keine Frage, die man nicht beantworten kann. Es gibt unendlich viele Wahrheiten. Nur das, was wir fühlen, kann für uns auch wahr sein. Jeder kann jede Frage beantworten, wenn er genügend Farben im Kopf hat.
Im Gegensatz zu mir schläft Lucinda, nachdem sie die Augen geschlossen hat, sofort ein. Seit ich mich erinnern kann, verfolgen mich zwei Sorgen: die Angst vor der Dunkelheit und die davor, dass meine Schwester mich alleine lässt. Also versuche ich, sie wach zu halten. Ich stelle ihr Fragen. »Was glaubst du, wie morgen das Wetter wird? Glaubst du, Mama und Papa küssen sich oft, wenn wir es nicht sehen? Gibt es Hunde auf den

anderen Planeten?« Wenn Lucindas Antworten immer leiser und langsamer kommen, weiß ich, dass sie bald einschlafen wird. »Gute Nacht!«, sage ich. »Gute Nacht«, sagt Lucinda. Dann ist es still. Ich will nicht alleine wach sein. »Schlaf gut«, sage ich. »Schlaf gut«, kommt es von weit her. »Träum was Schönes!«, fällt mir noch ein.

Keine Antwort. Ich habe Angst, dass meine Schwester für immer schlafen wird. Was ist, wenn sie morgen einfach nicht mehr aufwacht? »Und wach morgen gut auf!«, flüstere ich beschwörend in die Stille hinein. Dann fällt mir nichts mehr ein. Ich bin alleine. Lange liege ich so wach, bevor ich einschlafen kann.

Am nächsten Morgen, als ich die Treppe hinunterkomme, wartet Isa schon im Flur auf mich. Isa ist meine Mutter. Sie steht da, die Hände in die Hüften gestemmt, und schaut mich an. Innerlich zähle ich die Treppenstufen nach unten mit. Ich wünschte, es wären hundert – aber natürlich sind es nur die üblichen zehn Stufen.

»Guten Morgen!« Ihre Augen sind keine Augen, sondern blaue Laserstrahlen, die immer auf der Suche nach dem Fehler sind.

»Morgen«, sage ich und versuche, an ihr vorbei in die Küche zu kommen, aber sie stellt sich mir in den Weg.

»Schau mich mal an.«

Ich schaue hoch und schnell wieder weg.

»Du siehst müde aus.«

Fehler gefunden.

Ich versuche, Zeit rauszuschlagen, setze mich erst mal auf die

Treppenstufen und fange an, langsam und ordentlich meine Schuhe anzuziehen.
»Das war eine Frage!«, sagt Isa.
»Ich hab noch gelesen«, murmele ich. Isas Gesichtsausdruck bleibt skeptisch. »Das Buch über die Menschen, die zusammen in Eisbärfellen schlafen, nackt. Die sich für immer lieben. In dem Land, wo alles einfach ist und das Leben endlos ...« Meine Stimme wird immer schneller und schriller. Ich kann nicht lügen. Isa schaut mich an, als wäre ich nicht mehr ganz dicht. Wo bleibt Lucinda? »Na, Tenebrien«, versuche ich zu erklären. Gerade setzt Isa zu einer weiteren Frage an, als oben eine Zimmertür auffliegt.
Lucinda rauscht die Treppe herunter. Die langen Haare in einer dramatischen Hochsteckfrisur, unter ihrem engen dunkelroten T-Shirt zeichnen sich gut sichtbar Brüste und Rippen ab. Der Jeans-Rock endet kurz unter dem Po. Wortlos geht sie an uns vorbei, schlüpft in ihre Schuhe, klobige Cowboystiefel, die zu groß aussehen an ihren Beinen. Dann steht sie im Flur, schaut uns fragend an.
»Was?«
»Das heißt ›wie bitte‹!« Isa legt Wert auf unsere Erziehung. »Wie sieht es aus mit Frühstück?« Und darauf, dass wir morgens etwas essen.
»Ich kann jetzt nicht.« Lucinda geht an Isa vorbei zur Haustür. »Malina?«
Endlich. Ich springe von der Treppe auf und reiße meinen Rucksack vom Boden.
»Die Stunde fängt doch erst um acht an. Ihr sollt nicht ohne Frühstück aus dem Haus.«

Isas Blick ist vorwurfsvoll, aber wir sind schon halb aus der Tür.

»Aber wir frühstücken doch!« Lucinda zieht ein großes rosa Kaugummi aus der Rocktasche, steckt es sich in den Mund, lächelt Isa unschuldig an.

»Also dann, ciao!«

Wir rennen den Gartenweg hinunter und auf die Straße in Richtung Bus.

»Hat sie dich gescannt?«, ruft Lucinda.

»Ja.«

»Und?«

»Sie hat komisch geguckt, aber ich habe gesagt, ich hätte lange gelesen.«

»Perfekt!«

Lucinda und ich gehen auf die gleiche Schule. Von meinem Klassenzimmer aus beobachte ich meine Schwester manchmal, wie sie in den Freistunden in ihrem kurzen Jeansrock auf der Schultreppe sitzt und mit den Cowboystiefeln rhythmisch gegen die Wand trommelt. Ab und an – wenn kein Lehrer hinguckt – streckt sie ihre Hand aus und bekommt von einem der Oberstufenjungs eine selbstgedrehte Zigarette in die Hand gedrückt, an der sie einmal zieht und die sie dann, ohne den großzügigen Geber eines Blickes zu würdigen, wieder zurückgibt. Das Rauchen unter achtzehn ist bei uns an der Schule verboten, aber das stört Lucinda nicht. Sie erntet Respekt von den Jungs und schiefe Blicke von den Mädchen. Sie hat nur Feindinnen oder Bewunderer. Egal ist sie keinem. Zu mir sagen die Lehrer: »Ähnlich seht ihr euch ja, aber vom Wesen her hast du nichts

von deiner Schwester.« Und dann gucken sie mich so an, als müsste ich dazu jetzt etwas sagen. Aber ich weiß nicht, was. Bernd steht auch oft auf der Treppe. Abseits von den anderen steht er. Gemeinsam mit seinem Freund, Julius. Der spricht kaum und sieht immer etwas erschrocken aus, so als wäre ihm gerade klargeworden, dass er etwas Wichtiges vergessen hat. Lucinda meint, ihm fehle weibliche Energie. Auf der Treppe stehen die Leute von unserer Schule der Beliebtheit nach angeordnet. Ganz oben steht Olivia, die Königin, unsere Schulsprecherin, laut meiner Schwester nicht mehr als Hormone auf Beinen. Bernd und Julius stehen ganz unten, unterhalb der letzen Treppenstufe. Bestimmt ahnt niemand, dass meine Schwester sich manchmal mit Bernd trifft. Hier auf der Treppe tut Lucinda so, als ob sie ihn nicht kenne. Meine Schwester sitzt seitlich auf der Mauer. Sie wird von allen gesehen, gehört aber keiner Gruppe an. Sie findet die anderen lächerlich.
Einmal stand ich in der Cafeteria in der Schlange, als ich hörte, wie Olivia ihrer besten Freundin Nadine zuflüsterte: »Aufpassen, die Irre kommt!« Als ich mich umdrehte, sah ich Lucinda in der Tür stehen. Sie hatte die Haare zu zwei Zöpfen geflochten, und in jeden der Zöpfe waren Trockenblumen eingeflochten. Die Reste eines Rosenstraußes, den Bernd ihr mitgebracht hatte. Als ich Lucinda später davon erzählt habe, war sie so begeistert, dass sie die Rosen noch zwei weitere Tage trug, bis alle zerfallen waren. Isa sagt, dass Lucinda immer um jeden Preis auffallen muss. Dem Ton ihrer Stimme hört man an, dass sie das ärgert. »Wenn deine Schwester was sagt oder tut«, sagt Isa, »kann man gleich mal fünfzig Prozent abziehen.«
Lucinda verdreht hinter Isas Rücken die Augen: »Ich verstehe

überhaupt nicht, wieso dich das so aufregt! Du kannst ja einfach drüberstehen«, keift sie Isa an.
»Wenn Isa etwas sagt oder tut«, zischt sie mir zu, »kann man davon ausgehen, dass es so trocken ist wie Brot. Sie hat einfach keinen Sinn für Geschichten!« Frieder und ich gucken uns an und wissen nicht, was wir sagen sollen. Lucinda und Isa sind schwarz und weiß. Tag und Nacht. Und eigentlich, meint Frieder, sind sie deswegen ganz gleich.

Unser Haus ist wunderschön, dreistöckig und blau, es trägt dicke weiße Stuck-Schärpen um den Körper, auf denen fünf Engel sitzen: George, Paul, Ringo, John und Janis. Lucinda hat sie so genannt. In unserem Garten schlingen sich dornige Ranken über den Boden, bilden hohe Gräser ein leise summendes Feld. Daneben ein Meer aus dunklem Moos. Das Haus selbst ist von Efeu befallen wie von einer unheilbaren Krankheit, die wuchert und wächst, langsam in sein Gewebe dringt. Von der Straße aus ist es im Sommer kaum zu sehen, so zugewachsen ist der Garten, so hoch und majestätisch stehen die Bäume davor.
Ich sitze auf der kleinen Steinmauer vor unserem Haus. Ein Mann und eine Frau gehen unten vorbei, er hat den Arm um sie gelegt, als wäre sie sein Eigentum, sie bleiben bewundernd stehen, versuchen durch die Bäume hindurch ein paar Blicke auf das Gebäude zu erhaschen. Ihre Münder gehen auf und zu, die Stimmen hört man nicht. Aber ich kenne die Gespräche, weiß was sie sagen: »Wunderschön. Wirklich hochherrschaftlich. Dass die das so verkommen lassen … Unglaublich.« Dann seufzen sie, weil sie ein bisschen traurig sind, dass sie nur ein

Leben haben. In einem anderen – so denken sie – würden sie dieses Haus einfach kaufen. Sie würden gut zu dem Haus sein, es pflegen wie einen verwundeten Vogel. Ob die schon einmal was von Denkmalschutz gehört haben?
Frieder kommt von hinten um das Haus herum. Er geht immer ein wenig nach vorne gebeugt, und man kann sehen, dass ihm ganz oben auf dem Kopf die ersten Haare ausfallen. »Armer Frieder, erst fünfundvierzig und schon so gezeichnet vom Leben. Nur noch ein Schatten seiner selbst«, seufzt Lucinda manchmal. Sie sagt, dass Frieder früher mal ein schöner Mann gewesen sei. Isas Matriarchat habe ihn gebrochen. »Matriarchat?«, frage ich. »Herrschaft der Frauen«, Lucinda sieht mich vieldeutend an. Mehr sagt sie nicht. Sie liebt es, in Andeutungen zu sprechen.
Frieder wirkt sehr versunken, summt vor sich hin, hat eine alte Holzleiter, Stuckkleber und einen Eimer mit Mörtel in der Hand. Die Leiter wackelt gefährlich, als er sie vor dem Haus aufbaut, hinauftritt und die Stuckengel begutachtet. Er hat es sich zu seiner Aufgabe gemacht, den langsamen Verfall ihrer Gipskörper aufzuhalten.
»Nicht schon wieder du.« Sorgenvoll verzieht er die Stirn, während er Paul über den Bauch streicht, vorsichtig versucht mit Kleber und Mörtel eine Bruchstelle zu kitten.
»Frieder?«
»Malina!« Erschrocken schnappt er nach Luft. Er hat gar nicht gemerkt, dass ich direkt unterhalb der Leiter stehe. Vielleicht ist es ihm unangenehm, dass ich ihn mit Paul und den anderen habe sprechen hören, wahrscheinlich aber merkt er gar nicht, dass er mit ihnen spricht.

»Was bedeutet eigentlich Denkmalschutz?«
»Denkmalschutz bedeutet, dass ich ...« Er sucht nach Worten. Im Hintergrund geht die Kellertür auf, kracht mit lautem Knall gegen die Wand. Bernd kommt aus dem Dunkel geschossen. Er sieht blass aus. Ohne uns zu bemerken, verlässt er mit schnellen Schritten den Garten. Frieder sieht ihm voller Mitgefühl nach.
»Das ist Bernd. Er arbeitet an der Tankstelle.« Erkläre ich ihm. Lucinda kommt auch aus dem Keller. Sie zupft ihr T-Shirt gerade, schüttelt die langen schwarzen Haare zurecht.
Frieder lässt von seiner Arbeit ab. Er steht auf der Leiter, den Mörtel noch immer in der Hand, sieht Lucinda an, ein bisschen stolz, ein bisschen angewidert, als könne er nicht glauben, dass das wirklich seine Tochter ist. Sie lächelt versonnen.
Dann dreht sie sich, ohne ein Wort zu sagen, auf dem Absatz um und geht leichten Schrittes ins Haus. »Matriarchat«, murmle ich gerade so laut, dass Frieder es hört und fragend zu mir heruntersieht.
»Wie bitte?«
»Ach, nichts!«
Frieder richtet seinen Blick wieder auf die Kellertür. Eine Zeitlang steht er einfach dort und sagt nichts. Vielleicht fühlt er sich dem blassen Bernd verbunden, vielleicht denkt er an Isas Matriarchat.
»Denkmalschutz«, unterbreche ich seine Gedanken. »Du wolltest mir erklären, was Denkmalschutz bedeutet.«
»Ach, ja.« Frieder strafft seine Schultern. »Also Denkmalschutz bedeutet, dass ich das Haus nicht wirklich instand halten darf, jemand anderes tut es aber auch nicht.«

Dann wendet er sich wieder seinen Engeln zu, bedenkt sie mit sorgenvollen Blicken und tiefen Seufzern, die eigentlich Lucinda gelten. Mich hat er ganz vergessen. Eine Weile stehe ich noch neben ihm. Dann laufe ich hinunter zum Keller, streiche mit der Hand über die Hauswand. Armes altes Haus, denke ich, so krank, und wir dürfen dir nicht helfen. Keinen Ton gibst du von dir. Ob du irgendwann einfach stirbst? Sagst du uns vorher Bescheid? Knarrend und ächzend? Oder stirbst du leise und ohne dass wir es merken und fällst dann eines Tages einfach auseinander? Und dann, was passiert dann? Wird der Efeu dich überwuchern, dich einnehmen, bis nichts mehr von dir zu sehen ist? Und später, viele Hunderte Jahre später, werden die Menschen dich finden unter all dem Efeu. Sie werden dich befreien und deine Steine in ein Museum tragen. So sah das damals also aus, werden sie sagen. Schulklassen werden deine Steine bewundern und sich vorstellen, wie das wohl gewesen ist, in dir zu wohnen. Ich könnte Tagebücher schreiben und in deinen Mauern verstecken. Dann würde man auch die finden und sie vertonen. Man würde zu den Schulklassen sagen: So sah das also aus, und jetzt hört euch an, was die Menschen in dieser Zeit dachten und wie sie lebten. Die Schüler würden Kopfhörer aufsetzen, und daraus kämen meine Worte. Ich würde ihnen von meinem Leben erzählen. Von einem Vater, der, gebrochen durch das Matriarchat, seine Haare verliert, von einer Mutter mit Laserblick und von meiner Schwester Lucinda.
Eigentlich, sage ich zum Haus, eigentlich wäre das sehr schön.
Die Kellertür ist angelehnt, ein schmaler Streifen Licht fällt in den Raum. Ich schlüpfe durch den Spalt, die Tür fällt hinter mir ins Schloss. Es riecht nach feuchtem Gemäuer. Dunkel-

heit umfängt mich. Es dauert eine Weile, bis meine Augen sich daran gewöhnen. Bis auf die Umzugskartons, die sich an den Wänden stapeln, und eine abgewetzte Matratze in der Mitte des Raumes ist der Keller leer. Mein Blick wandert über den Boden, in die Ecken, an den Wänden hoch.

Ich muss an Bernd denken, an sein erschrockenes Gesicht, daran, wie er aus dem Garten gestolpert ist. Ich weiß, dass er nicht wiederkommen wird. So ist es immer. Wer einmal mit Lucinda im Keller war, kehrt nicht wieder. Es bleibt nicht viel von diesen Besuchen, nur Lucindas verträumter Blick.

Später liegt Lucinda mit geschlossenen Augen im Garten auf der Wiese in der Abenddämmerung.

»Riech mal!«, schnurrt sie. Und hält mir, ohne die Augen zu öffnen, ihre Hand unter die Nase. Der Geruch ist fremd und aufregend.

»Was machst du?«

»Ich träume.«

Wovon, will ich fragen, wovon träumst du? Aber ich weiß, dass die Dinge, die im Keller passieren, mich nichts angehen. Sie trennen meine Schwester und mich voneinander wie die Dämmerung den Tag und die Nacht.

Meine Schwester hat dunkle Tage. Das sind die Tage, an denen sie kein Wort spricht. Schweigend laufen wir morgens zur Schule. Schweigend fahren wir am Mittag von der Schule zurück. Meine Schwester hat den ganzen Tag den abwesenden Blick.

»Manchmal«, sagt Lucinda, »manchmal starrt es dich nur an. Aber manchmal streckt es die Zunge aus und berührt dich da-

mit, und das fühlt sich an, als würde man dir mit Isas Lockenstab ein Loch in den Bauch brennen.«
»Was?«, frage ich.
»Das Tier«, sagt Lucinda.
»Und wo ist es sonst?«, frage ich, »wo ist es an den hellen Tagen?«
»Es ist immer da«, sagt sie.
Heute ist so ein Tag. Lucindas Zimmer ist dunkel, wir haben alle Lichter ausgemacht und überall Teelichter angezündet. Durch das offene Fenster dringt das Rauschen der Blätter. Draußen stürmt es – die Ankündigung von Regen am Ende eines heißen Tages. Lucindas Zimmer ist das größte in unserem Haus und das unordentlichste. Eine wilde Ansammlung von Gegenständen, die so aussehen, als ergäben sie zusammen eine lange Geschichte. An den Wänden hängen Pop-Zitate und Gedichte. Am Boden türmen sich Kleider, Stiefel und Hüte.
Wir sitzen nebeneinander in Lucindas Bett. Aus den Lautsprecherboxen kommt Musik: *I'm not scared of nothing. I'll go pound for pound. I keep death on my mind. Like a heavy crown.* Lucinda bewegt ihre Lippen zum Text, ohne dass ein Ton hörbar wird. Sie schaut aus dem Fenster. Ihre Augen sind weit geöffnet. »Lucinda«, sage ich. »Lucinda? Wir könnten rausgehen und nach Janis gucken. Oder zur Brücke fahren. Wir können uns im Regen auf die Brücke legen.«
Aber da kann ich sie schon nicht mehr erreichen. Ihr Gesicht sieht so aus, als bestünde es nur noch aus grünen Augen, die sich langsam mit Tränen füllen, und obwohl ich weiß, was jetzt passiert, kann ich nichts dagegen tun. Tränen rollen ihre Wangen hinunter. Ihr Körper aber bleibt ganz still. Behutsam streiche

ich über ihren Kopf, und sie lässt es geschehen. Wenn Lucinda erst mal angefangen hat zu weinen, hört sie nicht mehr auf. Niemand weiß, wann es enden wird, niemand weiß, warum es so ist. Wenn Lucinda weint, weint das Haus mit: Wasserhähne fangen an zu tropfen. Das Gefrierfach gibt seinen Geist auf; dicke Tropfen landen auf dem Steinfußboden vor dem Kühlschrank, bilden Pfützen, die Isa mit Küchenhandtüchern versucht aufzuwischen. Vergebens. Isa und Frieder schleichen um Lucindas Zimmer wie um das Bett einer Kranken. Ich höre Isa sagen, dass sie das nicht normal findet. Pubertät hin oder her. Frieder sagt nichts. »Du willst es also einfach so ignorieren«, stellt Isa fest und poltert dann absichtlich laut die Treppe hinunter.

Abendessen. Wir haben eine große Wohnküche. Es gibt eine Tür zur Terrasse, einen Esstisch aus Holz, die Wände sind mit kleinen grünen Kacheln gefliest, die meine Eltern aus Mexiko mitgebracht haben. Überall stehen Blumentöpfe mit frischen Kräutern, auf dem Tisch Gartenblumen und Kerzen. Isa mag es, wenn die Küche und überhaupt das Haus *nett* aussehen. Isa mag es überhaupt sehr, wenn Dinge *nett* sind. Lucinda und ich, zum Beispiel, könnten häufiger *nett* aussehen, also auch mal ein Kleid anziehen. Oder die Mädchen aus der Nachbarschaft einladen, das wäre doch irgendwie *nett*.
»Zum Beispiel Nike, die ist doch nett«, sagt Isa, füllt uns Spaghetti auf die Teller und guckt Lucinda dabei auffordernd an. Nike ist eines der Mädchen, die so aussehen, als ob sie immer frisch aus der Dusche kommen, und die immer gut riechen nach einer Mischung aus Weichspüler und Nivea. Lucinda

zieht die Stirn in Falten. Lucinda verachtet alles, was *nett* ist. *Nett* steht zwischen meiner Schwester und meiner Mutter wie eine Mauer.

»Wir pfeifen auf die anderen Mädchen«, antwortet Lucinda in unserem Namen. »Wir ersticken an ihnen!«

Isas Mundwinkel zucken. Sie findet Lucindas Verhalten unmöglich, versucht sich aber zu beherrschen. »Vielleicht würde euch das auch mal ganz guttun«, schnauft sie.

»Was genau?«, erkundigt Lucinda sich desinteressiert.

»Wenn ihr euch mal mit anderen Mädchen trefft und nicht immer in eurem eigenen Teich schwimmt.«

»Saft«, korrigiert Lucinda sie tonlos. »Das heißt: *im eigenen Saft schmoren*, Isa.«

Frieder schaut auf seinen Teller, hievt umständlich Spaghetti auf den Löffel. Er ist, wie meistens, ganz woanders. Wahrscheinlich denkt er sich gerade eine neue Kleister-Mörtel-Mischung für John, Paul, George, Ringo und Janis aus. »Ich verstehe das nicht …«, murmelt er, schüttelt ungläubig den Kopf.

Ich muss ein Kichern unterdrücken und stoße mit meinem Zeh an den von Lucinda. Die reagiert nicht. Sie ist dazu übergegangen, Kaugummiblasen platzen zu lassen, sehr viele, sehr laut.

»Hörst du bitte auf damit!«

Isa wirft Lucinda einen genervten Blick zu. Lucinda nimmt das Kaugummi aus dem Mund und klebt es an ihren Tellerrand.

»Würdest du das Kaugummi bitte in den Müll tun?«

Widerstandslos steht Lucinda auf, befördert das Kaugummi in den Müll, kommt wieder zum Tisch.

»Wenn ich älter bin, werde ich Muse«, sagt Lucinda. Ihr Blick ist aus dem Fenster gerichtet, während sie spricht.

»Hör jetzt auf mit so einem kindischen Schwachsinn!«
Isa hat aufgehört zu essen, fixiert den vollen Teller vor Lucinda.
Lucinda reagiert nicht. »Dann werden Romane und Lieder über mich geschrieben.«
»Ich würde es begrüßen, wenn du erst mal etwas essen würdest«, zischt Isa.
Ich spüre, wie die Luft in der Küche merklich zu zittern beginnt.
Frieder schaut unglücklich von Isa zu Lucinda, er mag keinen Streit.
»Isa ... Lass sie doch.«
Lucindas Augen sind ausdruckslos auf einen unbestimmten Punkt in der Ferne gerichtet, ihre Stimme kommt von weit her.
»Menschen werden sich umbringen aus Liebe zu mir.«
»Weißt du, alles in Maßen«, versucht Frieder einzulenken, aber niemand hört ihm zu.
»Lucinda!« Isa ist aufgesprungen. »Schluss jetzt!«
Lucinda reagiert nicht, ihr Blick bleibt unverändert.
Die Leute sagen, dass man in Lucindas Augen lesen kann, dass man darin alles sieht, ihre Wut, ihre Angst, ob sie glücklich ist. Aber sie kennen meine Schwester nicht. Manchmal sieht man nichts in diesen Augen, nur ein Grün, so grün, dass es weh tut. Meine Schwester kann ganz plötzlich aus ihren Augen verschwinden. Dann ist sie an einem fernen Ort, den niemand kennt, außer ihr selbst.
»Lucinda, hörst du mich eigentlich?«
Als Lucinda keine Reaktion zeigt, dreht Isa sich zu mir, ihre Stimme klingt schrill: »Und du, Malina, hörst jetzt endlich auf

zu lachen!« Aber ich lache nicht. Und deswegen kann ich auch nicht aufhören.

Eine warme Sommernacht. Obwohl es schon so spät ist, hat sich die Hitze seit dem Mittag keinen Millimeter bewegt, hängt noch immer schwer über dem Garten. Nur der müde flimmernde Lichtkegel einer Straßenlaterne leuchtet Lucinda und mir, während wir barfuß und nur mit weißen T-Shirts bekleidet durch das Gras schleichen. Frieder und Isa schlafen schon, wir aber haben uns noch einmal hinausgeschlichen. Heute Nacht sollen unzählbar viele Sternschnuppen fallen. Deswegen haben wir alle unsere Wünsche aufgeschrieben und mit in den Garten genommen. »Nicht, dass wir am Ende nicht mehr wissen, was wir uns wünschen sollen, und dann sterben all die Sterne ohne Grund«, sagt Lucinda.
Eine halbe Stunde schon schauen wir in den Himmel, und bisher haben wir noch keine einzige gesehen. Stattdessen ziehen graue Wolken über den Nachthimmel. Ratlos blicke ich auf das dichtbeschriebene Blatt Papier in meiner Hand. Lucinda wirft einen letzten Blick in den Himmel und wendet sie sich dann abrupt ab. »Wir ändern unseren nächtlichen Auftrag und suchen ab jetzt die Geister.«
»Welche Geister?«, frage ich. Aber Lucinda ist bereits von der Dunkelheit verschluckt worden. »Lucinda, welche Geister?«, rufe ich und laufe in die Richtung, in die meine Schwester verschwunden ist.
Ich finde sie mit geschlossenen Augen an die Hauswand gelehnt.
»Welche …«

»Psst!«, unterbricht sie mich.
»Du brauchst keine Angst zu haben«, sagt Lucinda und greift nach meiner Hand.
»Sehen kann man sie nicht, aber wenn man genau hinhört, kann man sie atmen hören. Mach die Augen zu.«
Ich lehne mich mit offenen Augen an die Hauswand, und Lucinda sagt, ohne die Augen zu öffnen: »Malina, Augen zu!«
Ich schließe die Augen. Mein Herz schlägt so stark, dass es durch die Rippen fast bis an die Hauswand klopft. Von überall höre ich die Stimmen der Nachtbewohner: aufgelöste Schreie, sehnsüchtiges Zirpen, weit weg singt ein Vogel und hört dann plötzlich auf. Bestimmt war es eine Nachtigall. Lucindas Hand ist kalt, und ich drücke sie fest, damit sie warm wird.
Langsam lässt meine Angst nach.
Meine Schwester rührt sich keinen Millimeter. Nur manchmal, wenn ein Windzug durch die Blätter streift, sagt sie: »Da war einer.«
Ein tiefes Motorengeräusch durchschneidet die Luft. Das Auto kommt unsere Straße hochgefahren. Lucinda und ich öffnen die Augen, sehen uns an. Um die Zeit fährt niemand diese Straße entlang, alle haben längst die dicken Gardinen vor ihre Fenster geschoben. Der Wagen hält vor dem Nachbarhaus. Wir rennen auf Zehenspitzen zum Gartentor. Es ist ein teurer schwarzer Wagen mit abgedunkelten Fenstern. Er sieht aus wie ein Raumschiff. Drei Türen öffnen sich gleichzeitig und wie auf Knopfdruck. Vorne steigt ein sehr altes Paar aus. Graue Jacken, graue Hosen, graue Haare, graue Gesichter. Steinmenschen. Vom Rücksitz gleitet ein Junge. An ihm ist nichts aus Stein, ganz im Gegenteil, alles an ihm fliegt, flattert, flirrt, leuchtet. In

seinem Gesicht bewegen sich blassblaue Augen nervös hin und her, sammeln die Umgebung auf. Schwarze Haare stehen wie elektrisiert von seinem Kopf ab. Er trägt Jackett zur schwarzen engen Jeans, schwarze Turnschuhe. Seine Arme und Beine sind so feingliedrig und lang wie die Beine der Weberknechte in unserem Keller, und es dauert eine Weile, bis er sich auseinandergefaltet hat und in ganzer Größe dasteht. Der Junge sieht uns beinahe sofort. Oder besser gesagt: Er sieht Lucinda. Und Lucinda sieht ihn.

Die Augen der beiden bleiben aneinander hängen wie Magneten. Dort, wo ihre Blicke sich treffen, wird es hell. Langsam, ganz langsam und ohne den Blick von Lucinda abzuwenden, zieht der Junge sein Jackett aus. Dann steht er da in einem T-Shirt mit der Aufschrift *Jarvis is Jesus*. Die Straßenlaterne flackert, surrt, als könne sie jeden Moment ausgehen. Die Zeit steht still.

Die Steinmenschen und ich, wir stehen einfach nur da und schauen zu. Schauen zu, wie Blicke, Gesichter und Körper von Lucinda und dem Jungen sich auflösen und ineinanderfließen. Bis sie eins werden.

Wenn dieser Moment eine Farbe hätte, wäre er blau. So ein Ozeanblau, bei dessen Anblick man ganz ruhig wird. Ein Blau, in das man hinein- und aus dem man nicht wieder auftauchen möchte. Ein Blau, das alle Geräusche schluckt und alle schnellen Gedanken.

Plötzlich macht die Steinfrau einen Schritt nach vorne. »Robert!« Doch ihre Stimme ist nicht viel mehr als ein sanftes Säuseln in der Luft. Nichts, was Magneten auseinanderbringen könnte.

Immer noch hängen ihre Blicke ineinander.

Dann sprengt eine laute Stimme wie eine Bombe diesen zeitlosen Moment.

»Robert! Will you please come!«

Das Ozeanblau zersplittert in Grautöne. Der Junge schreckt auf. Innerhalb weniger Sekunden geht eine Wandlung mit seinem Körper vor, Arme und Beine schlingen sich ineinander und wie zum Schutz um den eigenen Körper. Der Junge sackt zusammen, wird klein und wehrlos.

Der Steinmann greift ihn unsanft am T-Shirt und schiebt ihn in Richtung Haus, das Jackett schleift auf der Erde, wirbelt Staub auf. Die Türen des Autos schließen auf Knopfdruck des Schlüssels in der Hand des Steinmannes.

Einmal noch dreht der Junge sich um, wirft Lucinda einen Blick zu.

Dann verschwinden er und die Steinmenschen hinter dem elektrischen Gartentor. Wir stehen noch immer am Zaun.

Im Hintergrund erstirbt das monotone Sirren der Straßenlaterne. Es wird ganz dunkel. Aus den Augenwinkeln sehe ich, wie ein Stern vom Himmel stürzt. Ein winziger Moment, dann ist er weg. »Jarvis«, flüstert Lucinda und dann noch einmal mit mehr Nachdruck: »Jarvis.« Sie hat den Stern auch gesehen. Und im Gegensatz zu mir hat sie daran gedacht, sich etwas zu wünschen.

Ich kann nicht einschlafen, deswegen laufe ich runter in die Küche, um etwas zu trinken. In der Küche brennt noch Licht, und ich höre Frieder und Isa reden. Durch den Spalt der Tür sehe ich Frieder, der mit dem Kopf unter der Küchenspüle

hängt und umständlich mit einer Zange am Abflussrohr herumschraubt. Isa steht daneben.
»Ich finde das nicht mehr normal«, sagt sie und spricht dabei mehr mit Frieders Knie, dem einzigen Teil von ihm, der unter der Spüle hervorragt.
»Das ist auch nicht gesund … in diesem Alter. Und du weißt ja, die Tochter von Julia … Da hat das auch so angefangen«, fährt sie fort.
»Welche Julia?«, höre ich Frieder.
Unter der Spüle fällt etwas klirrend zu Boden.
»Scheiße, Mann!«
»Na die Freundin von Claudi, du weißt doch …«
»Ja, sicher. Gibst du mir mal die andere Zange?«
Widerwillig reicht Isa ihm eine Zange aus dem Werkzeugkasten neben der Spüle.
»Sag du doch mal was dazu.«
Frieder rutscht unter der Spüle hervor.
»Pubertät!« Er sieht Isa mit bedeutungsschwangerem Blick an.
»Aha«, sagt Isa.
»Na ja, das weiß man ja, allgemein, Mädchen in der Pubertät … Erwachen von Sexualität und so.« Frieder verschwindet wieder unter der Spüle. Man hört ihn laut werkeln.
Isa starrt auf sein Knie. »Und du glaubst wirklich, das ist die Antwort?«, fragt sie, und ihre Stimme klingt gereizt.
»Was?«, sagt Frieder verwirrt.
»Na, guck dir doch die anderen Mädchen in Lucindas Alter an.«
»Ja, und?«

»Ja, die sind auch alle in der Pubertät.«
»Ja.«
»Du willst es einfach nicht verstehen!« Isas Augen feuern Blitze in Richtung Frieders Knie.
»Ach Isa.« Das soll versöhnlich klingen, aber Isa will sich nicht versöhnen.
»Julia hat mir erzählt, dass es jemanden gibt, einen Dr. Zimmermann. Er kennt sich mit so etwas aus. Sie ist mit ihrer Tochter dorthin gegangen.« Und dann sagt sie mehr zu sich selber. »Vielleicht sollte ich ihn mal anrufen.«
»Was?«, ruft Frieder unter der Spüle hervor.
»Dr. Zimmermann! Vielleicht sollte ich den mal anrufen.« Mit einem Mal klingt sie sehr entschlossen.

Wir sitzen in Lucindas Zimmer auf dem Boden und machen Hausaufgaben. Lucinda hat ihre gesamten Schulsachen aus der Tasche geschüttet, blättert ziellos durch Hefte und Bücher und flucht leise vor sich hin. Ich versuche, mich auf meine Matheaufgaben zu konzentrieren, werde aber durch Lucindas Fragen unterbrochen. »Hast du Jarvis eigentlich mal wieder gesehen?«
Ich schüttle den Kopf. Mathe ist nicht meine Stärke, die Zahlen unter und oberhalb der Bruchstriches haben gar keinen Zusammenhang für mich.
»Glaubst du, er findet mich richtig gut?«
Ich nicke und versuche mich zu erinnern: Was muss ich noch mal kürzen?
»Hörst du mir zu?«
Jetzt gebe ich auf. »Ja.«

Lucinda wirft einen Blick auf mein Matheheft: »Alles Quatsch! Das braucht man nur in der Schule.« Sie klappt mein Matheheft zu, steht auf, geht rüber zu ihren CDs, deren Booklets, Hüllen und Inhalt durcheinanderfliegen. »Von Musik kannst du in vier Minuten mehr lernen als von dreizehn Jahren Schulunterricht.«

Dann hat sie gefunden, was sie sucht. Triumphierend hält sie eine CD in die Luft.

»Hier zum Beispiel kannst du wirklich etwas über die Liebe lernen.«

In großen Schritten durchschreitet sie das Zimmer, reißt Decken, Wolldecken und Kissen vom Bett und breitet alles auf dem Boden aus. Dann geht sie zur Anlage, legt die CD ein. Sie drückt auf Start.

Is there anybody going to listen to my story all about the girl who came to stay, tönt es aus den Boxen. Lucinda marschiert durchs Zimmer.

»*Girl.* Beatles. Lennon.« Bleibt stehen.

»Hinlegen!«, fordert sie mich auf. Widerspruchslos lege ich mich auf die ausgebreiteten Decken. »Zuhören!«

»Du musst richtig zuhören«, sagt Lucinda und dreht noch lauter.

Ich höre zu, aber in der Schule habe ich noch nicht so lange Englisch, deswegen verstehe ich nicht viel.

»Er singt davon, dass er ein Mädchen so sehr liebt, dass er keinen Tag mit ihr bereut, obwohl er sie nie ganz bekommt«, verkündet Lucinda, während sie durch das Zimmer läuft. Sie legt den Kopf schief, lauscht. John Lennon leidet, seufzt *Girl, girl, girl.* Lucinda lächelt.

»Hör mal, wie er nach ihr ruft, wie verzweifelt er ist. Ist das nicht romantisch?«

»Liebt sie ihn denn nicht?«

Lucinda verdreht die Augen.

»Doch, klar. Auf eine Art.«

»Aber wieso geht sie nicht zu ihm?«

»Na, damit er weiter singen und sie immer lieben kann.«

Lucindas Blick verrät, dass sie die Frage für vollkommen unnötig befindet.

Sie singt leise mit: »Girl, girl, girl … Nur so kann er weiter von ihr träumen. Und wer aufhört zu träumen, der stirbt.«

Manchmal sagt Lucinda Dinge über die Liebe, den Tod oder die Unendlichkeit. Dinge, die ich nicht verstehe und die uns dennoch zu Komplizen machen, weil wir beide wissen, dass Frieder, Isa und der Rest der Welt ganz anders darüber denken. Oder, wie Lucinda sagt, einfach aufgehört haben, darüber nachzudenken.

Es klopft an der Tür.

Isa betritt, ohne auf Antwort zu warten, das Zimmer.

»Was macht ihr denn?« Ihr Blick wandert über unser Deckenlager am Boden.

»Musik hören, oder wie sieht es für dich aus?!«

»Habt ihr keine Hausaufgaben?« Isa übergeht Lucindas provozierenden Ton. Auf Zehenspitzen durchschreitet sie die Unordnung, geht zum CD-Player, dreht die Musik leiser. »Isa!«, empört sich Lucinda »Wir waren gerade mittendrin!«

»Mittendrin im Chaos oder was?«, sagt Isa, setzt sich kerzengerade auf Lucinas Bett. Sie sieht mich an. »Kannst du uns mal kurz alleine lassen?«

»Isa. Wir hören gerade Musik!« Lucinda hält mich am Ärmel fest.
»Und von Musik kannst du in vier Minuten …«, will ich hinzufügen, aber Isa unterbricht mich.
»Ihr könnt ja gleich weitermachen.«
Lucindas Finger krallen sich fester in meinen Arm.
»Malina!«
Das ist der Isa-Ton, der keinen Widerspruch duldet.
»Zehn Minuten. Bitte«
Sie nickt mit dem Kopf in Richtung Zimmertür.
Hilfesuchend schaue ich zu Lucinda, die mir einen vernichtenden Blick zuwirft und dann loslässt.
Natürlich bleibe ich direkt vor der Tür stehen. Ich könnte auch noch durch das Schlüsselloch gucken. Aber das mache ich nicht. Isa würde mich bestimmt sehen. Sie sieht wirklich alles. Aber niemand hat gesagt, dass ich nicht zuhören darf.
Ich höre Isa husten, so ein nervöser Husten, den sie immer bekommt, wenn sie etwas Wichtiges sagen möchte.
»Ich muss mal was mit dir besprechen«, sagt sie.
»Was?«, faucht Lucinda.
»Du möchtest doch immer noch eine Katze?«
Lucinda zögert ein wenig, dann sagt sie vorsichtig ja.
»Wie wäre das denn, wenn wir eine Art Abmachung hätten?«
Isas Stimme klingt betont gutgelaunt.
»Was für eine Abmachung?«, fragt Lucinda skeptisch.
»Na ja, es ist ja gerade eine schwierige Zeit für dich.«
»Häh?«
Isa fährt unbeirrt fort.
»Na ja, in deinem Alter verändern sich eben viele Sachen. Es

werden Dinge wichtiger, die vorher vielleicht nicht so wichtig erschienen. Darüber tauscht man sich ja auch mit gleichaltrigen Freundinnen aus. Da kann man sich auch nicht immer an der kleinen Schwester messen.«
»Ich weiß nicht, wovon du sprichst!«, zischt Lucinda.
»Es ist doch auch schön, wenn man so ein bisschen weiblich ist, wenn man ein bisschen Busen und Rundungen hat und so. Das gehört ja auch dazu, zum Erwachsenwerden. Das gehört auch dazu, zum Frausein. Frausein bedeutet ja nicht nur, kurze Röcke zu tragen oder sich zu schminken. Der Körper verändert sich ja mit.«
»Isa!« Lucinda schreit jetzt fast. »Ich habe keine Lust, mit dir über so was zu reden.«
»Willst du lieber mit jemand anderem darüber reden?«
»Spinnst du?«, jault Lucinda auf, »wovon redest du eigentlich?«
»Da musst du jetzt gar nicht laut werden. Das war ja nur ein Vorschlag. Ich glaube, du bist intelligent genug, um zu verstehen, worüber ich eben gesprochen habe. Und vielleicht gibt es dann auch eine Möglichkeit, noch mal über die Katze nachzudenken, die du dir so wünschst.«
»Das ist Erpressung.«
»Na, für so ein eigenes Tier muss man auch Verantwortung übernehmen, und dafür muss man in erster Linie schon mal Verantwortung für sich selbst übernommen haben.«
Sie macht eine Pause.
»An deiner Stelle würde ich es mir überlegen!«
»Gut. Ich überlege es mir. Bist du jetzt fertig?«
»Ja.«

Ich höre, wie Isa aufsteht, durch das Zimmer geht. Ich gehe einen Schritt zurück, dann fliegt die Tür auf, Isa kommt raus. Dreht sich noch einmal um, zeigt auf den Zimmerboden. »Ach ja, und räumt das doch bitte auf. Man sieht den Boden ja gar nicht mehr! Malina, du bist heute dran mit Geschirrspüler ausräumen!«
Dann ist sie weg.

Ein später Sommernachmittag. Die Sonne steht schon tief, und langsam kühlt die Luft ein wenig ab, nachdem es am Nachmittag so schwül war, dass wir das Haus gar nicht verlassen konnten. Lucinda und ich wollen zur Tankstelle und dann zur Brücke.
Lucinda trägt ein feuerrotes Sommerkleid, so ein Rot, das weh tut, und wenn man das Kleid essen würde, dann wäre das bestimmt hochgiftig und würde wilde Halluzinationen hervorrufen. Ich schiebe das Fahrrad den Gartenweg hinunter, während Lucinda neben mir von Stein zu Stein springt. Das Kleid ist so kurz, dass man bei jedem Sprung den Rand ihrer ausgewaschenen rosa Unterhose sehen kann.
»Wenn ich auf die Linien zwischen den Steinen trete, bin ich die erste von uns, die stirbt!«
Ich mag es nicht, wenn sie solche Dinge sagt.
»Das stimmt nicht«, protestiere ich.
Sie kichert.
»Doch. Das stimmt!«
Sie hüpft ganz knapp an einem der Zwischenräume vorbei.
»Ich möchte, dass ihr euch bei meiner Beerdigung sexy anzieht und zu Lou Reed tanzt.« Sie bleibt stehen. Ich gehe einfach wei-

ter. Ich habe Angst. Ich will nicht zuhören. Ich will nicht daran denken, dass Lucinda sterben könnte.

»Malina!«

Der Widerstand in mir fängt an zu schwinden. Ich bleibe stehen.

»Du musst es mir versprechen.«

»Lucinda. Hör auf damit«, sage ich schwach.

»Versprich es mir, Malina.«

»Hör auf!«, flehe ich. Ich muss fast anfangen zu weinen.

»Versprich es! Jetzt!«

»Okay. Ich verspreche es.«

Mit einem Kloß im Hals versichere ich, dass ich mich auf Lucindas Beerdigung sexy anziehen und zu Bright Eyes tanzen werde.

»Gutgutgut. Das wird sehr traurig und schön aussehen. Später könnt ihr dann noch Arcade Fire spielen.«

Sie seufzt zufrieden, springt weiter, bleibt stehen,

»Und ganz wichtig. *Girl* von den Beatles.«

Sie springt weiter. »Den Rest kannst du aussuchen. Lass das bloß nicht Isa und Frieder machen.«

Sie wird nicht aufhören, bevor ich ihr nicht alles verspreche.

»Okay«, sage ich, »wie du willst.«

Ich muss ein paarmal schlucken, damit der Kloß in meinem Hals und mit ihm das Gefühl zu ersticken weniger werden.

Wir entdecken ihn erst, als wir direkt vor ihm stehen. Am Gartenzaun lehnt er, die Hände tief in den Taschen seiner schwarzen Jeans vergraben. Jarvis. Im Licht sieht man, dass er fast weiße Haut mit vielen kleinen hellen Sommersprossen hat.

Er trägt wieder das T-Shirt mit der Aufschrift *Jarvis is Jesus*. Die blauen Augen sind wie Scheinwerfer auf Lucinda gerichtet. Und wie beim ersten Mal geht eine aufregende Unruhe von ihm aus. Als Lucinda ihn sieht, richtet sie ihren Oberkörper auf, strafft die Schultern. Sie greift nach meinem Arm und kneift mich fest. Ich unterdrücke einen Aufschrei.

»Hey«, sagt er.

»Hi.« Lucinda zieht das *Hi* lang, wie ein großes rosa Kaugummi. Dann stehen wir alle am Gartentor. Lucinda schaut Jarvis an, Jarvis schaut Lucinda an, und ich weiß nicht, wo ich hinschauen soll, deswegen schaue ich auf den Boden.

»Ich wollte dir was zeigen.« Er hat einen englischen Akzent, und während er spricht, fährt er sich mit der Hand durch die Haare, die danach aussehen wie das Gefieder eines aus dem Nest gefallenen Vogels.

Lucinda zupft an ihrem roten Kleid, ohne dabei den Blick von Jarvis abzuwenden. Es dauert eine Weile, bis sie antwortet. »Okay«, sagt sie dann und zieht das *Okay* genauso lang wie das *Hi*, als wollte sie Zeit gewinnen, einen Einwand zu finden, obschon sie keinen hat.

»Wo?« Sie kneift die Augen zusammen.

»Down the street.« Er zeigt die Straße hinunter.

Und als Jarvis ihr die Hand reicht, nimmt sie die so selbstverständlich, als sei es nicht das erste Mal. Sie lässt mich stehen, ohne ein weiteres Wort, und geht mit ihm die Straße hinunter. Direkt auf die Sonne zu, die tief am Himmel steht, so tief, als könne man einfach bis zu dem Punkt laufen, wo sie den Boden berührt. Lucinda ist bestimmt einen Kopf größer als Jarvis, der Rock ihres Kleides wippt erwartungsvoll.

Ich bleibe alleine zurück. Mit einem Mal wirkt das Fahrrad wie ein Fremdkörper in meiner Hand. Über mir färbt sich der Abend rosarot. Aber das ist nicht mehr mein Himmel. Es ist der von Lucinda und Jarvis. Eine Nacht voller möglicher Geheimnisse zerfällt vor mir zu nichts als blassen Stunden. So ist es immer mit meiner Schwester, wenn sie geht, nimmt sie alle Farben mit sich.

Isa sitzt am Küchentisch und liest. Vor ihr ein Bücherberg, zuoberst befindet sich ein Buch mit der Aufschrift *Hunger nach Anerkennung*. Während sie liest, wirft sie die Stirn in Falten und seufzt leise. Unbemerkt schleiche ich an ihr vorbei zum Brotkorb. Am Kühlschrank stehend bemerke ich, dass sie jede meiner Bewegungen aus den Augenwinkeln beobachtet. Ich lasse mir nichts anmerken und beginne, mir ein Butterbrot zu schmieren. Isa legt das Buch zur Seite und fixiert die Butter, die vor mir steht.

»Malina!«

»Ja …«

Obwohl mir klar war, dass sie mich beobachtet, fühle ich mich ertappt.

»Warum nimmst du die Margarine?«

»Was?«

»Warum du die Margarine nimmst.«

Ihr Blick ist vorwurfsvoll, und tatsächlich steht auf der Verpackung *Halbfettmargarine*. Schuldbewusst zucke ich mit den Schultern.

»Sie stand ganz vorne im Kühlschrank.«

Isa steht auf, marschiert zum Kühlschrank, holt lächelnd eine

Verpackung mit der Aufschrift *Sahnig feine Markenbutter* raus und reicht sie mir.
»Das ist die richtige.«
Die Margarine hebt sie mit spitzen Fingern hoch.
»Die sollten wir gar nicht mehr kaufen. Das ist was für Leute mit Bluthochdruck! Ihr braucht richtige Butter. Ihr seid ja ganz und gar gesund.«
Und wirft die Packung in den Müll.
»Isa? Die war noch gut!«, empöre ich mich.
Dann fängt sie an, mir zentimetermeterdick Butter auf das Brot zu schmieren. So dick, dass mir beim Zugucken schon schlecht wird.
»Wo ist eigentlich deine Schwester? Ich sehe sie ja kaum noch.«
Sie versucht, die Frage ganz nebensächlich klingen zu lassen. Aber ich weiß, sie brennt darauf, zu wissen, wo Lucinda ihre Nachmittage verbringt. Zu Hause taucht sie seit Jarvis' Ankunft in jener Nacht immer seltener auf.
»Die ist mit dem Nachbarn.«
»Mit diesem Jarvis?«
Sie spricht Jarvis nicht wie *Dscharvis* aus, sondern mit J: *J-arvis.*
»Ja, welcher Nachbar denn sonst?« Schnell greife ich nach dem Brot und verlasse die Küche.
Aber Isa lässt nicht locker.
»Ach wirklich? Was machen die denn die ganze Zeit?«, ruft sie mir hinterher.
»Weiß ich doch nicht«, rufe ich zurück.

»Was macht ihr die ganze Zeit?«, frage ich Lucinda, als sie nach Hause kommt. Aus der Dunkelheit auftaucht mit wirren Haaren, brennenden Augen und einem unkontrollierten Zucken um den Mund. »Was macht ihr da draußen? Geht ihr zur Brücke?«, frage ich und hoffe, dass sie nein sagt, weil das doch unsere Brücke ist, Lucindas und meine.

»Nein«, sagt Lucinda. Sie steht vor dem Spiegel und betrachtet eingehend ihr Gesicht.

»Und Tenebrien?«, frage ich angsterfüllt. »Erzählst du von Tenebrien?«

»Quatsch. Tenebrien gehört uns.« Dann dreht sie sich zu mir. »Sehe ich verändert aus?«

Ich zucke mit den Schultern.

»Guck doch mal genau, sieht irgendwas an mir anders aus?«

»Du siehst schön aus«, sage ich und weiß schon, dass das nicht die richtige Antwort ist.

»Aber siehst du das nicht?«

»Was?«

Lucinda marschiert durch das Badezimmer. Knipst das Licht aus. Vollkommene Dunkelheit.

»Siehst du mich?«

Ich starre in die Dunkelheit. Nichts.

»Siehst du es nicht?«

Langsam gewöhnen meine Augen sich an das fehlende Licht. Ich erkenne die Umrisse meiner Schwester.

»Guck doch genau hin!«

Ihre Stimme klingt jetzt ungeduldig.

»Ich leuchte. Das ist es nämlich, was Musen machen: Sie leuchten, selbst wenn es ganz dunkel ist.«

Lucinda steht auf der Leiter vor dem Haus. Sie trägt ein cremefarbenes Kleid aus feinen übereinanderliegenden Röcken, auf ihren Schlüsselbeinen liegen Ketten, die sie aus Isas Schmuckkästchen genommen hat. Gegenstände, die Lucinda einmal berührt hat, gehen sofort in ihren Besitz über. Das ist ungeschriebenes Gesetz. Isas Kritik an diesem Gesetz wischt meine Schwester mit Worten wie *kleinlich* und *spießbürgerlich* vom Tisch. »Besitz«, erklärt sie mir, »bedeutet nichts. Er existiert eigentlich nicht. Besitz ist Illusion. Etwas an dem die anderen sich festhalten.«

Jarvis und ich stehen neben der Leiter. Er trägt – wie immer – das *Jarvis is Jesus*-Shirt, schaut zu Lucinda hinauf. Ich halte die Leiter fest.

»George, Ringo, Paul, John …« Lucinda deutet mit großer Geste auf die Engel. Jarvis sieht die Engel nicht, stattdessen starrt er Lucinda an, und wenn der Wind etwas stärker weht und die Röcke ihres Kleides hebt, schaut er schnell darunter. »Und das da drüben …«, Lucinda zeigt auf den am besten erhaltenen und prachtvollsten Engel, »… das ist Janis.«

Jarvis lächelt Lucinda an. Er hat gar nicht zugehört.

»Janis Joplin«, erklärt Lucinda und sieht ihn erwartungsvoll an.

»Klar, Janis Joplin«, murmelt Jarvis.

»Und warum?«, fragt meine Schwester.

»Warum?«

»Warum, glaubst du, ist das hier Janis?« Sie zeigt auf den Engel.

Jarvis sieht ratlos aus.

»Was ist an ihr anders als an den anderen?«, bohrt Lucinda nach.

»Sie ist besser erhalten?«

»Genau. Weil sie stärker ist als die Jungs!«

»Sie ist die einzige, die durchhält«, füge ich hinzu.

Jarvis denkt angestrengt nach, er möchte jetzt auch etwas Sinnvolles sagen, etwas, das meine Schwester beeindruckt. »Hat Janis Joplin sich nicht umgebracht?«, fragt er.

Und ahnt nicht, dass genau diese Frage die falsche ist.

Lucinda ist inzwischen von der Leiter gestiegen.

»Ach das! Das weiß man nicht. Das glauben sowieso nur Idioten. Eigentlich war es so: Groupies haben erst ihren Hund gekidnappt und sie dann umgebracht.« Sie duldet keine Widerrede. »Weißt du wie ihr Hund hieß?«

Jarvis schüttelt den Kopf.

»Rate mal. Sie hat ihn nach einem Autor benannt, den sie besonders verehrt hat.«

Jarvis zuckt mit den Schultern, wirft einen hilflosen Blick auf Janis, die ihm die Antwort auch nicht verrät.

»Thurber!«, sagt Lucinda. »Er hieß Thurber.«

Sie klappt die Leiter zusammen.

»Allgemeinwissen!«

Die Leiter unter dem Arm, geht sie mit festen Schritten ums Haus. Jarvis sieht ihr nach. Ohne die Aufforderung mitzukommen, traut er sich nicht, ihr zu folgen, und das würde ich auch nicht.

Ich nehme all meinen Mut zusammen.

»Heißt du eigentlich wirklich Jarvis?«

»What?«

Er ist erstaunt, dass ich auch noch da bin. Vielleicht hat er noch gar nicht gemerkt, dass es mich überhaupt gibt, denke ich. Vielleicht sieht er mich jetzt das erste Mal.

»Heißt du wirklich Jarvis?«, frage ich noch einmal, diesmal ein bisschen lauter.
»Yes, my name is Jarvis.«
»Aber deine Mutter nennt dich Robert«, hake ich nach.
»My Mother …«, sein Blick verdüstert sich, er macht eine abwertende Handbewegung, verdreht die Augen. Dann tritt er mit der Fußspitze gegen einen Stein vor seinen Füßen, kurz, aber fest, so dass der Stein weit durch den Garten fliegt. »My name is Jarvis … in England …«, er überlegt einen Moment, »in England wir haben das Recht auf freie Namensgebung.« Er sieht mir in die Augen. Mir wird heiß. Ich spüre, wie ich rot werde. »Verstehst du, was ich meine?«
Ich bekomme kaum mehr Luft unter seinem Blick.
»Ich weiß nicht genau«, flüstere ich.
»Wie willst du heißen?«
»Ich weiß nicht …«, stottere ich wieder. Und wünsche mich in den Zustand zurück, indem ich unsichtbar neben Lucinda war.
»Ich weiß nicht.«
»Well, then go and look for the answer.«
Dann geht er den Gartenweg hinunter, ohne sich noch einmal nach mir umzudrehen. Sein Schritt ist beschwingt, kaum berühren seine Füße den Boden.

Wir sitzen am Esstisch. Niemand sagt ein Wort. Das Einzige, was man hört, ist das regelmäßige Klappern von Besteck. Isa will wissen, ob es uns schmeckt. »Ja!«, antworten wir im Chor und ohne aufzuschauen. Auf Lucindas Teller türmt sich ein Berg aus Kartoffeln, Erbsen und Möhren. Am Tellerrand liegt ein großes durchgekautes Kaugummi. Isa wirft ab und an einen angeekelten Blick auf das erdbeerrosa Gebilde, sagt aber nichts. Lucinda schiebt sich eine Kartoffel in den Mund, kaut und kaut. Auf ihren nackten Beinen liegt eine zusammengeknüllte Serviette. Die hält sie sich – wenn Isa nicht hinsieht – vor den Mund, spuckt das durchgekaute Essen hinein, so lange, bis die Serviette voll ist. Unter dem Tisch legt Lucinda mir ihre Serviette auf die Beine. Im Austausch dafür gebe ich ihr meine saubere Serviette. Das ist die Abmachung. Erst bin ich mir nicht so sicher, ob das eine gute Abmachung ist, aber dann sagt Lucinda: »Du willst doch auch eine Katze, oder?«

»Wer ist eigentlich dieser Jarvis?« Isa spricht das Jarvis immer noch, wie man es schreibt: J-arvis. »Was?« Lucinda hat mir gerade ihre Serviette zugeschoben und schaut Isa ertappt an. Isa hat ihr Besteck beiseitegelegt.

»›Wie bitte‹ heißt das! Na, der Nachbar. Ist der nett? Kennst du den gut?«

»Ja. Nein«, sagt Lucinda.

Sie schaufelt einen Berg Möhren auf ihre Gabel, schiebt sie langsam im Mund hin und her.

»Stell uns den doch mal vor, den Jarvis. Der kann doch mal vorbeikommen.« Isa ist gut gelaunt, das sieht man. Sie wendet sich Frieder zu.

»Oder, Frieder?«

Frieder nickt abwesend.

»Klar.«

Lucinda, die noch immer nicht hinuntergeschluckt hat, nimmt ihre Serviette vom Schoß und spuckt die durchgekaute Masse dort hinein, legt sie wieder auf den Schoß, gerade noch recht-

zeitig, bevor Isa wieder zu ihr guckt. Dann sagt sie gereizt: »Isa, der heißt übrigens nicht J-arvis. Der heißt Dscharvis mit Dsch.«
»Sag ich doch.«
»Du verstehst doch überhaupt nicht, was das bedeutet.«
»Du kannst es mir doch sagen?«
»So heißt der Sänger von Pulp. Einer Gruppe aus England.«
»Und wieso nennt er sich nach dem?«
Lucinda stöhnt.
»Du verstehst es doch eh nicht, Isa. Seine Eltern sind aus England.«
»Ich glaube, da unterschätzt du deine Eltern ein bisschen«, sagt Isa »Nur weil ich dreißig Jahre älter bin, heißt das nicht, das ich nicht weiß, was Popmusik ist.«
»Mann, Isa …«
»Im Übrigen kenne ich Pulp. Ist ja schließlich aus den Neunzigern. Dass, ihr das noch hört …«
Lucinda verdreht die Augen. »Okay, toll, dann kennst du die eben auch. Und?!«
Isa steht auf, räumt die Teller ab. »Geht doch!«, sagt sie mit einem Blick auf Lucindas leer gegessenen Teller. Dann streicht sie Lucinda über den Kopf, und die schlägt nach Isas Hand wie nach einer lästigen Fliege.
»Na dann«, sagt Lucinda, »wir haben ja eine Abmachung.«
»Stimmt«, sagt Isa.
Deswegen hat Frieder die Katze gekauft.

Wir haben also eine Katze bekommen. Eine ganz kleine, schwarze mit weißen Pfoten. Isa hat gesagt, dass es besser

geworden ist, dass sie ganz zufrieden ist mit Lucinda. Ganz glücklich und erleichtert sah sie dabei aus, und ein bisschen hat es mir leidgetan, das mit den Servietten unter dem Tisch.
Jetzt sitzt die Katze in einem Pappkarton bei uns im Flur, weint und steckt ihren Kopf unter ein altes T-Shirt, das die vorherigen Besitzer ihr mitgegeben haben, damit sie etwas ihr Bekanntes in ihrem neuen Zuhause hat. Lucinda und ich beugen uns über den Karton und versuchen sie hervorzulocken, aber sie versteckt sich und maunzt ängstlich. Frieder und Isa stehen daneben und beobachten uns.
»Freut ihr euch?«, fragt Isa und guckt dabei nur Lucinda an.
»Klar«, sage ich. »Vielleicht heißt sie Ronja.«
»Ja, das ist doch süß. Die sieht auch aus wie eine kleine Räubertochter«, sagt Isa.
»Ronja ist ein toller Name für eine Katze. Oder, Lucinda?«
Lucinda nimmt die Katze aus dem Karton, hält sie in die Luft, betrachtet sie von allen Seiten. »Jupiter! Er heißt Jupiter!«, sagt sie fachmännisch, »das sieht man doch.« Die Katze hängt hilflos in Lucindas Hand.
»Der Vorbesitzer meinte, es sei ein Mädchen«, gibt Frieder zu bedenken.
Lucinda sieht ihn an, als sei das der blödeste Einwand, den sie je gehört hätte. »Ja, und?«
»Frieder meint, dass sie vielleicht einen Mädchennamen haben sollte …«, versucht Isa zu vermitteln.
»Ist doch egal!« Lucinda wendet sich wieder der Katze zu.
Isas Blick verdunkelt sich, sie macht sich aus Frieders Arm los. »Sie könnte doch auch Minka heißen.« Sie sieht zu mir. »Minka wäre doch schön, Malina?«

»Könnte sie schon. Ich finde Jupiter aber besser!«, beharrt Lucinda.
»Warum kann nichts bei dir einfach ganz normal sein?« Isas Stimme klingt aufgebracht und viel zu laut.
»Immer muss es sich von den anderen abheben.«
Lucinda dreht sich zu mir und verdreht die Augen, seufzt, was heißen soll, dass Isa jetzt vollends übergeschnappt ist.
»Isa.« Frieder legt den Arm um sie. »Ist doch alles gut. Lass die Mädchen die Katze doch nennen, wie sie wollen.«
Isa macht sich aus Frieders Umarmung los.
»Ich meine, es könnte doch auch schön sein, einmal nicht um jeden Preis aufzufallen.« Sie sieht unglücklich aus, wie sie dort im Flur steht und keiner von uns sie versteht. Wir schauen sie alle so an, als ob sie nicht mehr ganz richtig im Kopf ist.
»Es ist ein Mädchen, und deswegen kann sie doch auch einen Mädchennamen haben.«
»Isa …«
Lucinda drückt mir die Katze in die Hand, geht zu Isa, legt ihr die Arme um den Hals, gibt ihr einen Kuss auf die Wange. »Du hast total recht! Aber weißt du, Jupiter ist doch gar nicht so ein ausgefallener Name. Ich kenne drei Leute deren Katze Jupiter heißt, stimmt's, Malina?« Sie sieht mich an, und ich nicke, obwohl ich nicht weiß, von welchen Katzen sie spricht. Die Katzen hier aus der Straße heißen Otto und Maunz, Minka oder Mikesch.
»Minka wäre auch ein schöner Name, aber er passt einfach nicht so zu ihr. Guck doch.«
Wir alle starren jetzt Jupiter an.
»Wenn sie rot getigert wäre, dann vielleicht, aber so …«, sagt

Lucinda, und dann lächelt sie Isa mit diesem Lucinda-Lächeln an, bei dem Isa vergisst, dass sie sauer oder traurig war, dass sie Angst hatte. Sie lächelt zurück, nickt fast schüchtern. »Findest du?«

»Ja.« Lucinda wirft noch einen prüfenden Blick auf das Katzenbaby in ihrer Hand. »Ganz eindeutig«

»Vielleicht hast du recht.«

Lucinda steht an einer der herausgebrochenen Schwellen der Brücke. Einen Schritt vor dem Abgrund. Sie hat Jupiter mitgenommen und mit einer Wäscheleine an das Geländer gebunden. Die schützenden Kräfte der Katzen darf man nicht unterschätzen. Jarvis sitzt auf dem Brückengeländer. Lucinda bewegt sich am Abgrund entlang, gestikuliert mit den Armen, während sie spricht. Sie trägt die Haare offen, und ab und zu weht der Wind sie in ihr Gesicht.

»Es gibt Regeln!«, sagt Lucinda. »Regel Nummer eins«, sie sieht Jarvis tief in die Augen, »eine Frau darf immer mehrere Männer haben. Aber nicht anders herum. Regel Nummer zwei: Ein Mann muss einer Frau verfallen sein. Alles ist dunkel ohne sie. Sie ist seine Muse. Verstehst du?« Jarvis nickt. Er würde zu allem ja sagen. Es ist ihm egal, was meine Schwester erzählt, er möchte einfach in ihrer Nähe sein, ihr zusehen, wie sie am Abgrund balanciert. »Regel Nummer drei ist am wichtigsten. Es ist die Regel, von der alles abhängt.«

Und nach kurzem Nachdenken fügt sie hinzu.

»Alles! Ein Mann muss gefährliche Sachen wagen, um der Frau zu gefallen. Er muss für sie sein Leben riskieren. Es muss ihm unbedeutend erscheinen gegen ihre Liebe.« Sie tritt vom Abgrund weg und auf Jarvis zu, die Hände in den Hüften. Sie zeigt auf die andere Seite der Brücke.

»Wenn du mich wirklich lieben würdest, würdest du rübergehen.« Der Weg über die Brücke ist eigentlich unmöglich, ab dem zweiten Drittel der Brücke sind die meisten Schwellen hinausgebrochen. Der Rest sieht morsch und wenig vertrauenswürdig aus. Jarvis schaut erst die Brücke und dann Lucinda an.

»Das nennt man Romantik«, sagt Lucinda.

Jarvis bleibt unbeweglich auf dem Brückengeländer sitzen. Lucinda kniet sich zu Jupiter auf den Boden. Sie vergräbt ihr Gesicht in dem schwarzen Fell. Aus den Augenwinkeln aber beobachtet sie Jarvis.

»Dann eben nicht«, sagt sie, und ihre Stimme klingt unverhohlen enttäuscht, »deine Entscheidung.« Sie summt leise. Nimmt den Kopf aus dem Katzenfell, sieht sich um, gähnt, reißt den Mund dabei weit auf.

»Ich bin müde. Ich gehe nach Hause.«

Langsam, ganz langsam, beginnt sie ihre Sachen zusammenzusuchen. Nicht ohne dabei Jarvis im Blick zu behalten. Seine Füße treten jetzt nervös gegen das Geländer. Als ihre Blicke sich für den Bruchteil einer Sekunde treffen, sieht er die Verachtung in ihren Augen. Da lässt er sich plötzlich vom Geländer rutschen.

»Wenn du es willst.«

Seine Augen haben jetzt einen entschlossenen Ausdruck.

Lucinda lächelt zufrieden. Sie setzt Jupiter zu ihren Füßen ab.

Der Wind ist inzwischen stärker geworden. Das morsche Holz knarrt unter Jarvis' Füßen, als er auf die Brücke tritt.

Die ersten Schritte sind einfach, hier ist die Brücke noch gut erhalten, liegen die Holzbohlen dicht beieinander und bilden einen sicheren Untergrund. Er bewegt sich leichtfüßig bis zu dem Teil der Brücke, der unserer, Lucindas und meiner, ist, auf dem wir liegen und den Nächten lauschen. Dann aber kommt er zu dem Teil, an dem die Abstände zwischen den Schwellen größer werden. Vorsichtig tritt er von einem Holzbalken zum anderen, umrundet behutsam Löcher, unter denen sich der Abgrund auftut. Seine Bewegungen sind katzenartig, fast könnte man denken angstfrei, wenn da nicht das Zittern seiner Hände wäre. Meine Schwester sieht ihm zu, konzentriert, den Mund ein wenig geöffnet. Fast scheint sie enttäuscht, als er ohne Zwischenfälle die gegenüberliegende Seite der Brücke erreicht.
Dort angekommen, sieht er zu ihr.
»Gut?«, schreit er, »bist du zufrieden?«
»Gut«, schreit Lucinda. »Und jetzt wieder zurück.«
Jarvis lächelt, als habe er gewusst, dass sie das fordern würde. Dennoch wirkt sein Körper schon etwas müde, als er nun ein zweites Mal die Brücke betritt.
Lucinda schaut jetzt gar nicht mehr zu ihm, stattdessen hält sie Jupiter das Ende der Wäscheleine hin und entzieht es ihr wieder, sobald sie ihre Tatze danach ausstreckt.
Jarvis merkt, dass Lucindas Aufmerksamkeit ihm entgleitet. Er möchte, dass sie ihm zusieht. Er möchte, dass sie sieht, wie nahe er am Abgrund balanciert für sie, weil sie es so will. Aber nein, sie beachtet ihn nicht mehr, hat Jupiter im Arm, summt leise, flüstert etwas, das nur für Jupiters Ohren bestimmt ist, Jarvis scheint sie dabei vergessen zu haben. Er spürt Wut in sich aufkommen.

Jetzt ist er kurz vor der sicheren Seite, deswegen wirft er alle Vorsicht beiseite und springt über die letzten Bohlen. Aber er hat sich verschätzt, ein Fuß tritt fehl, fällt lautlos in den Abgrund. Jarvis unterdrückt einen Aufschrei. Sein Atem geht laut und schnell. Mit beiden Händen hält er sich am Geländer fest, sucht Halt mit dem zweiten Fuß. Doch das Holz ist nass, er rutscht ab, schwankt, tastet erneut nach Sicherheit, findet eine, findet endlich Halt. Zitternd zieht er sich hoch. Schaut zu Lucinda, die aufgehört hat zu summen, ihn ansieht, ein bisschen abschätzig. Dann nimmt er die letzten Schritte, kommt schließlich wieder auf dem sicheren Teil der Brücke an, atmet auf. Sie erwartet ihn am Ende der Brücke, Jarvis atmet schnell. Sie legt ihre Hand auf seine linke Brust. Unter der sein Herz schlägt.

»Du hast Angst!«, sagt sie. Sie sieht ihm in die Augen. Er schaut zurück, weicht ihrem Blick nicht aus.

Dann nimmt Jarvis ihren Kopf in seine Hände, er hält ihn etwas zu fest, und durch seine Hände spürt sie die Wut, die sich in ihm aufgestaut hat. Beinahe wäre er in den Abgrund gefallen, ein Liebesbeweis, und sie, sie hat es nicht mal gesehen. Er zieht den Kopf meiner Schwester zu sich brutal wie gegen einen Widerstand, bis seine Lippen ihre fast berühren. Er hält einen Moment inne. Sein Atem geht jetzt nahe an ihrem Gesicht.

»Is it one of the rules?«

Dann zieht er ihren Kopf noch näher heran und küsst sie.

Es ist früh am Abend. Draußen ist es noch hell. Durch die offene Balkontür höre ich die Vögel in unserem Garten. Isa schneidet meine Haare mit einer kleinen silbernen Schere. Eigentlich würde ich gerne mal zum Frisör gehen und mir einen richtigen Fransenschnitt machen lassen. So einen, wie ein paar Mädchen aus meiner Klasse haben. Als ich das Isa sage, fragt sie: »Wieso? Das kann ich doch auch!« Sie sieht so enttäuscht aus, dass ich nicht weiter auf den Frisör bestehe. Natürlich schneidet sie mir auch heute keinen echten Fransenschnitt. Stattdessen reißt sie an meinen Haaren, dass es weh tut. Hoffentlich schneidet sie nicht zu viel ab. Ich habe mein Lineal mit in die Küche gebracht und ihr gezeigt, wie viel sie schneiden darf: fünf Zentimeter. Mehr nicht.

»Warum nicht?«, fragt Isa. »So ein Pagenschnitt, das wäre doch mal etwas Neues.«

»Nein!«

Isa legt den Kopf schief und schneidet meine Haare in Gedanken bis zum Kinn.

»Das würde toll aussehen bei dir.«

»Nein. Keinen Pagenschnitt!«, schreie ich.

Die Streberin aus meiner Klasse hat einen Pagenschnitt, so einen, bei dem der Frisör den Nacken ausrasiert hat.

»Okay, okay.« Isa zieht mit der Bürste durch meine Haare.

»Aua!«, ich ziehe den Kopf zur Seite. Ein richtiger Frisör, da bin ich mir sicher, würde das nicht machen. Isa richtet meinen Kopf wieder gerade.

»Und wie alt ist er eigentlich?«, fragt sie. Sie hat diesen bestimmten Ton drauf, den sie immer hat, wenn sie mir ein Geheimnis entlocken will und sich dabei besonders schlau vorkommt.

»Wer?« Ich stelle mich blöd.

»Na, dieser Jarvis!«

Neben mir segelt ein viel zu langes Haarbüschel langsam zu Boden.
»Achtzehn. Nicht so viel! Ich habe gesagt, nicht so viel!« Vorwurfsvoll halte ich Isa das Lineal hin. »Fünf Zentimeter!«
»Halt still. Wenn du dich bewegst, schneide ich daneben, und dann schneide ich zu viel. Und seine Eltern?«
Jarvis' Eltern, der bellende Steinmann und die leise kleine Steinfrau. Alt, sehr alt und von einem anderen, von einem grauen Planeten, denke ich, und sage: »Keine Ahnung. Woher soll ich das wissen? Und was ist jetzt eigentlich mit den Fransen, Isa?!«
Isa kniet sich vor mich, schneidet mit der Schere einfach in die vorderen Haare hinein, hält mir das Ergebnis hin. »Hier, so?«
Ich gebe auf und nicke einfach.
»Mit diesem Jarvis, ihr beiden erzählt euch doch sonst alles. Es interessiert mich einfach.«
In dem Moment geht die Küchentür auf. Lucinda kommt rein. Sie trägt rote Hotpants und Cowboystiefel.
»Hi.«
Sie schleudert ihre Tasche in die Ecke. Bunter Krimskrams fällt heraus: Lippenstift, Armbänder, Kaugummis breiten sich über den Küchenboden aus. Außerdem eine pinke Unterhose, an der Isas Blick hängenbleibt. Ob Jarvis ihr die ausgezogen hat? An der Brücke? Im Keller?
Lucinda reißt die Karaffe Wasser vom Tisch und ein großes Glas aus dem Küchenschrank. Gießt es bis zum Rand voll, trinkt es in großen, lauten Schlucken leer.
»Ihr könnt mich ab heute bitte Janis nennen!«

»Na dann«, sagt Isa. Sie hat aufgehört zu schneiden, schaut jetzt Lucinda an. »Und warum, wenn ich fragen darf?«
»Recht auf freie Namensgebung!« Unsanft stellt Lucinda das Glas auf den Tisch.
Isa legt die Schere beiseite, kommt um den Tisch herum, stellt sich vor Lucinda. »Hast du was gegessen?«
»Isa!«
»Ich will wissen, ob du was gegessen hast.«
»Isa, ja!«
»Wo?«
»In der Schulcafeteria.«
»Was?«
»Spinnst du?! Ist das hier ein Verhör oder was? Backkartoffeln, wenn du es ganz genau wissen willst!« Lucinda sammelt Tasche und Inhalt vom Boden auf und rauscht aus der Küche.
Seufzend greift Isa nach der kleinen Schere und schneidet gedankenverloren weiter. Aus den Augenwinkeln sehe ich meine langen Haare zu Boden sinken. Viel zu viel, denke ich. Das sind mindestens zehn Zentimeter. Außerdem gibt es keine Backkartoffeln in der Cafeteria.

Frieder balanciert auf Zehenspitzen auf der Leiter neben mir und versucht, die gelben Klebeleuchtsterne, die ich ihm reiche, Lucindas Wünschen entsprechend, an die Decke zu kleben. Lucinda sitzt auf ihrem Bett, umgeben von Kissen und Decken, eine Königin auf ihrem Thron. Sie summt mit zur Musik. Frieder freut sich.
»Ist das nicht meine CD? Rubber Soul?«
Lucinda überhört die Frage.

»Malina, spiel doch mal *Drive my car.*«
Ich gucke zu Lucinda, die Frieders Wunsch gütig abnickt.
Also schalte ich auf die Nummer eins.
»Baby you can drive my car«, singt Frieder mit, »yes, I'm gonna be a star … and maybe I'll love you.«
Frieder schwingt mit dem Oberkörper im Takt.
»Super Lied.«
Lucinda und ich sehen ihm mit hochgezogenen Augenbrauen dabei zu und warten.
Als das Lied zu Ende ist, sagt Lucinda:
»Kannst du dich jetzt mal wieder auf die Sterne konzentrieren?«
Frieder seufzt, wendet sich der Zimmerdecke zu.
»Mehr nach links«, weist Lucinda ihn an, und er neigt seinen Oberkörper zitternd weit nach links, wie ihm befohlen. Ich halte die Leiter ganz fest, aber wenn er fällt, werde auch ich nichts tun können. Auf den Zehenspitzen steht er jetzt und klebt einen Stern, den größten, an die Decke.
»So?« Frieder wirft Lucinda einen unsicheren Blick zu.
»Ja, ungefähr.« Sie nickt. Überlegt kurz. »Den nenne ich Jarvis.«
»Heißen die drei davor nicht auch schon so?«, fragt Frieder und klingt dabei unglücklich. »Malina, gibst du mir den letzten?«
Ich reiche ihm den letzen Stern. In diesem Moment fällt ein Stern schon wieder hinunter, segelt langsam an Frieder vorbei zu Boden.
»Scheiße!«, sagt Lucinda und sieht Frieder vorwurfsvoll an: »Jarvis ist runtergefallen.« Ich hebe den Stern auf. Frieder versucht umständlich, ihn wieder anzukleben.

»Fertig.«
Dann steigt er von der Leiter. Zufrieden betrachtet er sein Werk.
»Vielleicht könnte man wenigstens einen der Sterne auch anders nennen«, schlägt er zögerlich vor.
»Vielleicht«, sagt Lucinda.
Wir schauen alle den Sternenhimmel an.
»Vielleicht kann einer Malina heißen«, sagt Frieder.
»Es sind leider alles Jungs.« Lucinda wirft mir einen entschuldigenden Blick zu.
»Oder Frieder«, schlägt Frieder vor.
»Der Große in der Mitte hat noch keinen Namen«, unterstütze ich ihn. Lucinda seufzt, guckt zur Decke. »Der ist am schönsten. Der heißt ...« Sie überlegt einen Moment. »Ich glaube, den nenne ich Jarvis der Achte!«
Sie sieht Frieder mitleidig an.
»Ist doch so in der Sternenforschung, man nennt alle gleich und nummeriert sie. Aber der dort drüben«, sie zeigt auf einen Planeten ganz am Rand des Sternenhimmels »der kann Frieder heißen.«
»Der ganz kleine da?«, fragt Frieder, und Lucinda nickt. Er guckt auf den Stern. Es ist wirklich ein sehr kleiner Stern.
»Meines Wissens ist das nicht so, dass alle Sterne nur durchnummeriert sind«, sagt er dann.
In dem Moment fallen zwei große Sterne hinunter.
»Schon wieder!« Lucindas Stimme klingt jetzt wirklich vorwurfsvoll. »Kannst du die nicht fester an die Decke drücken?«
Frieder sagt lange nichts. Dann steigt er von der Leiter, klappt sie lautstark zusammen.

»Ach, macht das doch einfach alleine.«
Die Zimmertür fällt hinter ihm ins Schloss.
Lucinda sieht ihm nach, gähnt gelangweilt.
»Vielleicht hätten wir einen von den großen nach ihm benennen sollen«, sage ich.
»Meinst du?« Lucinda scheint nachdenklich. »Ich dachte nicht, dass er es so persönlich nimmt.«
»Vielleicht wegen dem Matriarchat«, sage ich.
»Du hast recht«, stimmt Lucinda zu. »Das macht ihn sensibel für vermeintliche Ungerechtigkeiten.«

Isa hat mich losgeschickt, ich soll Milch holen, bevor der Supermarkt schließt. Ich bin die Letzte im Supermarkt, und die Kassiererin wirft einen genervten Blick auf ihre Uhr. Als ich durch die Tür nach draußen trete, stemmt sich die schwüle Luft wie eine Mauer gegen mich.
Ich will nicht nach Hause. Lucinda ist schon den ganzen Nachmittag nicht da, und mir ist langweilig. Ich beschließe, einen Umweg über das Sommerfest zu machen. Das Sommerfest ist direkt hinter dem Supermarktparkplatz. Es ist jedes Jahr im Sommer. Das Fest besteht aus ein paar Würstchenbuden und zwei alten Fahrgeräten. Trotzdem hängen die Jungs aus der Mittelstufe an den Wochenenden und am Abend hier ab und locken mit ihrer Anwesenheit auch die Mädchen an.
Ich sehe Lucinda und Jarvis schon von weitem. Sie sitzen auf der Absperrung. Direkt hinter dem Autoscooter.
Der Mann am Schalter ruft eine neue Runde aus.
»Jetzt geht's rrrrrrrund!«, keucht er ins Mikrophon.
Ein paar der Jungs lassen sich in die Sitze fallen. Auf dem Ge-

sicht ein riesiges Grinsen. Sie lieben es, in den kleinen bunten Autos ihre Kräfte zu messen.
Jarvis zieht Lucinda zu den Autos. Erst wehrt sie sich noch. Dann gibt sie nach.
Ich verstecke mich hinter einem der Lieferwagen, die auf dem Parkplatz parken, von hier aus kann ich alles sehen.
Die beiden steigen in ein rotes Auto. Die Fahrt beginnt. Der Mann am Schalter dreht die Musik laut.
Jarvis rast los. Ich kann den Glanz in seinen Augen sehen, wenn das Auto gegen ein anderes fährt, die beiden prallen immer stärker und in immer kürzeren Abständen gegen die anderen.
Lucinda wird in den Sitz und gegen Jarvis geschleudert. Es sieht so aus, als könne sie jeden Moment zerbrechen. Ihr Haar fliegt durch die Luft. Ihr Mund ist geöffnet, aber es kommt kein Ton heraus.
Als sie aussteigen, kann ich sehen, dass ihre Beine zittern. Er legt den Arm um sie.
Die anderen gucken sie an. Die Mädchen drehen sich um und tuscheln, die Jungs starren einfach nur. Weil sie anders sind. Und sie wissen es. Unter den Blicken der anderen fangen sie an zu leuchten.
Dann laufen sie zum Parkplatz und küssen sich direkt neben mir an einem Auto.
Ich drehe mich um und renne nach Hause. Auf dem Weg fällt mir die Flasche Milch aus der Hand und zerspringt am Boden. Die Milch rinnt über den ganzen Bürgersteig. Zu Isa sage ich, dass der Supermarkt schon zu hatte. Wo ich so lange war, will sie wissen.

Lucinda kommt spätabends wieder, rauscht in mein Zimmer, schreit: »Schläfst du schon?« Ich antworte nicht.
Die ganze Nacht verfolgt mich das Bild der beiden. Lucindas schmaler Körper, der gegen Jarvis geschleudert wird. Die Art, wie er sie gegen das Auto drückt, als er sie küsst.

Ich sitze unter dem großen Rhododendron im Garten und sehe Jupiter zu. Sie hat eine Maus gefangen. Mit einer Pfote hält sie sie am Schwanz fest, mit der anderen schlägt sie auf ihren Kopf. Immer wieder. Die Maus windet sich und fiept leise, gibt aber nicht auf. Immer wieder rennt sie los, wird zurückgeschleudert und verschwindet dann unter Jupiters Pfote. Meine Hände, meine Gedanken sind wie erstarrt. Ich kann weder wegschauen noch eingreifen. Ich sitze nur da, während die Maus immer schwächer wird, langsam und quälend den Kampf um ihr Leben verliert.
Die Kellertür fliegt auf. Jarvis kommt aus dem Keller. Die Tür fällt laut hinter ihm zu. Wütend tritt er noch einmal dagegen, torkelt in den Garten und bleibt direkt neben mir stehen. Er ist sehr blass, blasser noch als sonst. Sein Atem geht schnell. Lange Zeit bemerkt er mich nicht. Dann sieht er mich aus den Augenwinkeln neben sich am Boden hocken. Langsam dreht er sich zu mir, seine blauen Augen funkeln.
»Don't look at me like this!«
Ich drehe mich schnell weg. Mit gesenktem Kopf stürmt er den Gartenweg hinunter. Ich merke, wie sich Tränen hinter meinen Augen sammeln, deswegen kneife ich die Augen ein paarmal zu, so dass die Tränen wieder zurückgedrängt werden. Als ich nach Jupiter gucke, ist sie nicht mehr da. Nur die Maus liegt

noch dort. Eines der kleinen Beine bewegt sich, einmal, zweimal. Dann bewegt sich nichts mehr. Mit einem Zweig berühre ich sie vorsichtig. Sie bleibt still. Ich reiße Blätter vom Busch neben mir, lege sie auf die Maus, so lange, bis sie nicht mehr zu sehen ist. Dann sitze ich neben dem Blätterhaufen. Sitze einfach da. Lucinda kommt aus dem Keller. Sehr gut gelaunt sieht sie aus, steuert direkt auf mich zu, kniet sich neben mich.
»Jungs sind das Letzte«, sagt sie. »Merk dir eins: Du schuldest ihnen nichts!«
Ich schaue auf den Blätterhaufen, nicke. Und dann lassen sich die Tränen nicht mehr wegdrücken, laufen einfach aus meinen Augen über mein Gesicht. Lucinda legt ihre Hand auf meine Hand.
Sie ist nie verwundert, wenn man weint. Sie weiß immer, warum.

»Was ist das?«, sie zeigt auf den kleinen Berg neben mir. Ohne die Antwort abzuwarten, hebt sie die Blätter an. Da liegt die Maus, klein und tot.
Schluchzend lege ich den Kopf auf meine Hände. Ich weine und kann gar nicht mehr aufhören.
»Nicht weinen«, flüstert Lucinda. »So ist das eben.«

Jarvis geht die Straße auf und ab. Ich beobachte ihn schon seit fast einer halben Stunde. Auf der Höhe von Lucindas Zimmerfenster schaut er demonstrativ in eine andere Richtung, dann verschwindet er hinter den Bäumen, nur um kurz darauf wiederzukehren, die Straße andersherum entlangzulaufen. Von meinem Platz hinter dem Rhododendron aus kann ich ihn genau beobachten, ohne dass er mich sieht. Ich zähle seine Schritte vor unserem Haus. Es sind immer genau zwanzig. Aber ich bin nicht die Einzige, die ihn beobachtet. Im Wohnzimmer steht Isa und späht aus dem Fenster. Sie weiß nicht, dass ich sie sehe. Sie sieht aus wie ein junges Mädchen, das etwas Verbotenes macht. Ab und zu weicht sie zurück, versteckt sich hinter der Gardine. Seit sie auf den Gedanken gekommen ist, Lucinda durch Jarvis zu verstehen, lässt sie keine Gelegenheit aus, Informationen über ihn zu sammeln. Sie weiß, dass ich kein guter Informant bin, ich gehöre zur anderen Seite, zu denen, die Geheimnisse haben. Deswegen greift sie zu neuen Mitteln. Doch die Spionage liegt ihr nicht. Sie kennt die guten Plätze nicht, kennt nicht die Tricks, mit denen man die anderen beobachtet, ohne selbst gesehen zu werden.

Ihrem Gesicht sehe ich an, dass sie Angst vor Jarvis hat. Sie findet ihn unheimlich, fürchtet ihn. Die Stunden, in denen er die Straße auf und ab läuft, den Blick auf Lucindas Zimmerfenster gerichtet, sind ihr nicht geheuer. Besonders gerne kommt er in der Dämmerung, wenn er denkt, dass wir ihn nicht sehen. Er ist ein Krieger. Unsere Straße ist sein Schlachtfeld, das zu erobernde Land meine Schwester. Aber das Land hat einen gefährlichen Grenzstreifen, unseren Gartenzaun. Das Haus ist Lucindas Bunker. Manchmal scheint es, als hätte Jarvis einen Sieg errungen. Dann taucht sie plötzlich am Fenster, der durchlässigsten Stelle des Bunkers, auf. Einen Moment nur, dann ist sie wieder verschwunden. Ich würde gerne zu ihm gehen und ihm sagen, dass ich mir einen Namen ausgesucht habe. Aber natürlich mache ich das nicht. Ich bleibe hier sitzen. Hinter dem Rhododendronbusch, wo mich niemand sieht.

Ich stehe am Gartenzaun und beobachte den Steinmann. Er steht vor der Haustür. Die Steinmenschen verlassen nur selten das Haus. Der Steinmann fährt morgens mit dem Steinmobil zur Arbeit und kommt wieder, wenn es dunkel ist. Die Steinfrau habe ich nach ihrer nächtlichen Ankunft nur noch einmal gesehen. Sie verlässt das Haus so gut wie nie. Vielleicht ist sie krank. Vielleicht wird sie langsam zu Stein. Bewegungslos, grau und kühl. An diesem Abend jedoch ist der Steinmann zu Hause. Zigarettenrauch hüllt sein Gesicht in Nebel, und der Geruch von Tabak zieht rüber zu mir. Ich halte die Luft an. Wenn der Steinmann an der Zigarette zieht, dann sieht es so aus, als würde er sie im nächsten Moment aufessen. Er trägt einen steingrauen Anzug, schreitet langsam den kleinen Platz vor der Haustür auf und ab. Vier Schritte in die eine, vier Schritte in die andere Richtung. Im immergleichen Takt. Alles am Haus der Steinmenschen hat eine Ordnung. Die Pflanzen wachsen nicht einfach so. Sie wachsen in geraden Reihen. Nach Farben geordnet. In jedem Fenster hängen die gleichen weißen Gardinen.

Es gibt ein Gartenlicht, das geht jeden Abend um die gleiche Zeit an, und es gibt Rollläden, die fahren jeden Morgen zur gleichen Zeit hinauf und jeden Abend um die exakt gleiche Zeit wieder hinunter. Abend für Abend schottet sich das Haus der Steinmenschen komplett von der Außenwelt ab. Noch aber ist es zu früh für Gartenlicht und Rollläden.

Dann kommt Jarvis den Weg hinauf. Noch kurz vorher ist er unter dem angstvollen Blick von Isa seine Runden um unser Haus gelaufen. Lucinda hat sich den ganzen Tag nicht blicken lassen. Es ist einer der dunklen Tage. Sie liegt mit geschlossenen Vorhängen in ihrem Zimmer. Vorhin hat man noch Musik aus ihrem Zimmer gehört, jetzt ist es ganz still. Jarvis hat vor unserem Haus gesessen, ist dann verschwunden und taucht nun wieder auf. Eine Dose Bier in der Hand, kommt er den Gartenweg der Steinmenschen hinauf. Er schwankt, den Blick zum Boden. Er sieht den Steinmann nicht, aber der sieht ihn. Er bleibt stehen, fixiert Jarvis. Erst im letzten Moment sieht auch Jarvis den Steinmann. Der sagt etwas. Es klingt wie das Kratzen eines Steines auf Glas.

Dann holte er aus und schlägt gegen Jarvis Hinterkopf. Jarvis taumelt, die Bierdose fällt zu Boden, seine schmalen Beine knicken ein, er fällt zu Boden. Es dauert nicht lange, und er steht wieder. Ein weiterer Schlag auf den Hinterkopf. Dieses Mal bleibt Jarvis mit dem Gesicht zu Boden bewegungslos liegen. Ich halte die Luft an. Was ist, wenn der Steinmann mich entdeckt? Plötzlich habe ich Angst.

Der Steinmann wirft die Zigarette auf den Boden, tritt sie mit der Fußspitze aus und geht ins Haus. Jarvis liegt noch immer auf dem Boden. Er bewegt sich lange nicht. In unserer Küche schaltet jemand das Radio an. Wahrscheinlich Isa.

Jarvis bewegt sich noch immer nicht. Aber ich kann sehen, dass er noch atmet. Ich zähle die Hebungen seines Rückens. Sie sind ganz regelmäßig. Eins, zwei, drei, vier. Er darf nicht aufhören zu atmen.

Dann bewegt er einen Arm, dann ein Bein. Im Radio läuft jetzt *Jolene*, eines von Isas Lieblingsliedern.

Er dreht sich um. Jarvis dreht sich mit dem Gesicht zum Himmel. Aber anstatt aufzustehen, zieht er eine Zigarettenpackung aus der Tasche und zündet sich eine Zigarette an. Isa dreht das

Radio lauter. Der Rauch zieht rüber zu mir wie vorher der des Steinmannes, doch diesmal halte ich die Luft nicht an, sondern atme tief ein.

Isa hat beschlossen, dass Lucinda jetzt einmal die Woche *jemanden sieht.*

»Warum?«, fragt Lucinda.

Und Isa sagt, dass Lucinda sich nicht blöder stellen soll, als sie ist. Sie wäre ja eigentlich ein intelligentes Mädchen.

»Denkst du«, sagt Lucinda.

»Ja«, sagt Isa, »weiß ich.«

Lucinda stöhnt leise.

Isa droht damit, dass Lucinda bald auf dem ganzen Körper Haare wachsen werden, wenn es nicht besser wird. Das steht in einem ihrer Bücher.

»Und?«, sagt Lucinda, »was ist daran schlimm?«

»Lucinda, ich diskutiere jetzt nicht mit dir. Du weißt genau, dass es gefährlich ist.«

»Sag, was an ein paar Haaren mehr schlimm ist«, bohrt Lucinda weiter nach.

»Lucinda!«

»Und was kriege ich dafür, wenn ich da hingehe?«

»Nichts! Spinnst du jetzt völlig?«

»Ich muss ja nicht mitgehen.« Lucinda grinst.

Isa sagt nichts, starrt Lucinda nur an, und ich habe das Gefühl, das etwas Schlimmes passiert, wenn Lucinda nicht einlenkt. Das gleiche Gefühl hat Lucinda wohl auch, denn ihr Grinsen verschwindet, und dann sagt sie:

»Okay. Ich kann da meinetwegen hingehen. Aber was bringt

es?« Sie verdreht die Augen. »Der wird nur sagen, dass *du* spinnst!«

Später, als wir alleine sind, frage ich Lucinda, was sie da machen wird. Bei dem *Jemand.*

»Keine Ahnung!«

Lucinda zuckt mit den Schultern, spuckt ein grellgrünes Kaugummi aus dem Fenster in Richtung Terrasse, wo es auf Isas neuer Markise kleben bleibt.

»Über irgendwelche langweiligen Sachen sprechen.«

»Was für Sachen?«, frage ich.

»Sachen von früher.«

»Vielleicht hat Isa uns manchmal ins Badezimmer eingesperrt, weil sie es nicht mehr ausgehalten hat, dass wir so schreien, oder sie hat versucht, mich loszuwerden, und hat mich an einer Tankstelle stehenlassen.«

»Glaubst du?«

»Wer weiß. Die wirklich schlimmen Dinge vergisst man manchmal einfach. Aber irgendwo in unserem Körper, da sitzen sie noch immer und warten auf ihren großen Auftritt.«

Sie schließt das Fenster und geht.

»Und das andere, stimmt das?«, rufe ich meiner Schwester hinterher.

»Was?« Lucinda dreht sich noch einmal um.

»Stimmt das mit den Haaren?«

»Natürlich nicht.«

Der *Jemand* heißt Dr. Zimmermann und will am liebsten nicht nur meine Schwester, sondern uns alle sehen. Weil das Problem oft in der Struktur der Familie liegt. An der Wand von Dr. Zimmermanns Praxis hängen in großen silbernen Rahmen Bilder: wütende Farbkleckse in Rot und Schwarz. Ein langer leerer Schreibtisch, auf dem eine Uhr steht, die laut tickt. Vor den Fenstern mit den dünnen weißen Gardinen stehen Zimmerpflanzen und eine schmale Couch, daneben eine Kiste mit Stofftieren.

Dr. Zimmermann sitzt auf einem Sessel hinter seinem Schreibtisch, die Beine übereinandergeschlagen, die Hände auf der Tischplatte gefaltet. Er ist groß und dünn, hat helle Haare und graue Augen, eine große Nase. Er spricht alles sehr langsam und deutlich aus, als müsse er lange überlegen, ob jeder einzelne Buchstabe der richtige sei. Wir sitzen auf blauen Klappstühlen vor seinem Schreibtisch aufgereiht. Lucinda in der Mitte.

»Eine schwierige Situation«, sagt Dr. Zimmermann.

Und dann sagt er nichts mehr. Isa blickt starr geradeaus. Frieder räuspert sich. Lucinda hat die Hände unter den Po geschoben, sieht auf ihren Schoß, ihre Schultern, ihr ganzer Oberkörper zittert. Erst ist es nur ein leises Schütteln, das durch ihren Körper geht, kaum merklich, dann aber wird es stärker, sie prustet, ihr Mund verzieht sich, sie schlägt die Hände davor, Tränen schießen aus ihren Augen, Lucinda lacht, kann überhaupt nicht mehr aufhören zu lachen.

»Lucinda!«, sagt Isa, und Frieder sagt gar nichts. Isa sieht verzweifelt zu Dr. Zimmermann, der zufrieden nickt. Irgendwann wird Lucinda ruhiger, lässt das Schütteln nach, sackt sie in sich zusammen wie ein geplatzter Luftballon.

Frieder starrt sie an. Isa sitzt vornübergebeugt, den Kopf in ihre Hände gelegt, schluchzt.

»Manchmal lachen wir, wenn wir eigentlich weinen wollen.« Dr. Zimmermann guckt Lucinda an, die irgendwo ist, nur nicht in diesem Raum.
Er blickt auf die Uhr auf seinem Schreibtisch. »Die Zeit ist um.« Dann steht er auf, geht zur Tür, öffnet sie leise. Steht dort, im Türrahmen, sieht Frieder und Isa an, erwartungsvoll. Wir schleichen an ihm vorbei, mit gesenkten Köpfen, hintereinander. Lucinda als Letzte. Er gibt uns, wie schon am Anfang, allen die Hand.
»Wir sehen uns nächste Woche wieder?«
Und als niemand von uns antwortet, sagt er: »Manchmal tut es gut, zu schweigen.«
Auf der Rückfahrt im Auto sind wir alle ganz still, schauen aus dem Fenster. Nichts ist zu hören außer dem kalten Atem der Klimaanlage. Frieder sitzt am Steuer. Er hat den Blick starr geradeaus gerichtet. Rushhour, das Auto bewegt sich ruckartig durch die heißen, überfüllten Straßen. Schließlich platzt es aus Isa heraus:
»Ich gehe da nicht mehr hin.«
Keiner antwortet. Frieder schaut noch immer starr geradeaus über das Lenkrad auf die überfüllten Straßen.
Lucinda kaut Kaugummi. Isa stellt das Radio an. Es läuft eine Oper. Sie dreht lauter, zu laut, lehnt sich nach hinten, schließt die Augen. Die Stimme der Opernsängerin klingt jetzt schrill und verzogen. Frieders Hand schnellt vor. Er dreht das Radio aus.
»Du wolltest doch dahin gehen.« Seine Stimme klingt vorwurfsvoll, wütend.
Isa sagt gar nichts. Hat noch immer die Augen geschlossen.

Lucinda guckt aus dem Fenster, lässt Kaugummiblasen zerplatzen, sehr viele, sehr laut. Kleine tiefrote Explosionen mit dem Geruch von Kirschen, der sich im Auto verbreitet.

»Meine Idee war es jedenfalls nicht«, sagt Frieder.

Lucinda grinst, lässt eine weitere Kaugummiblase zerplatzen.

Mit einem Mal fährt Isa aus ihrem Sitz hoch, dreht sich zu uns um und schlägt mit der Hand gegen die Kopfstütze des Sitzes.

»Hör auf! Hör endlich auf!«, schreit Isa.

Frieder erschrickt, tritt auf die Bremse. Das Auto hält mitten auf der Straße an. Der Wagen dahinter bremst mit quietschenden Reifen. »Scheiße, Mann. Spinnt ihr?«

Mein Bauch tut weh und flattert, und ich habe das Gefühl, dass ich mich auf der Stelle übergeben muss.

Ich reiße die Tür auf, huste und würge, aber es kommt nichts.

Das Auto hinter uns wechselt wütend hupend die Fahrbahn, rast an uns vorbei. Der Fahrer zeigt uns einen Vogel, starrt Lucinda an, die ihm aufreizend zulächelt.

»Malina?« Frieder beugt sich nach hinten zu mir.

»Alles okay.« Ich schließe die Autotür. Frieder startet den Wagen.

Zufrieden lehnt Lucinda sich im Autositz zurück.

»Ich fand es gut!«

Ich kann nicht schlafen. Es ist Vollmond, und in meinem Zimmer wird es die ganze Nacht nicht wirklich dunkel werden. Die Fenster habe ich weit geöffnet zum Zeichen an die Nacht, dass ich noch wach bin. Wenn die Nacht ein Mensch wäre, wäre sie bestimmt ein Mädchen. Eines von denen, die immer nur so viel sagen, dass ihr Geheimnis bleibt. Im Garten höre ich eine Stimme. Erst denke ich, es ist Einbildung, aber dann höre ich es wieder: Es ist Jarvis Stimme. Lautlos lasse ich mich aus dem Bett gleiten, robbe zum Fenster und spähe auf Knien aus dem geöffneten Fenster.

Er steht vor unserem Haus, in der einen Hand eine Plastiktüte, in der anderen eine Dose Bier. Sein Schritt ist schwankend. Er schaut zu Lucindas Fenster hinauf.

»Lucinda«, ruft er.

Und dann lauter, verzweifelter.

»Lucinda!«

Er sinkt in die Knie. Kurz geht sein Geschrei über in ein Jammern und Heulen. Dann fällt sein Blick auf die Kellertür, bleibt dort hängen. Er schöpft neue Kraft, steht auf, läuft ein paar Schritte auf unser Haus zu, schreit:

»I know you can hear me.«

Er starrt zu Lucindas Fenster, in dem sich immer noch nichts tut. Seine Stimme ist jetzt laut, wütend:

»I know it!«

Dann noch einmal, leiser.

»I know you.«

Dann taumelt er rückwärts den Gartenweg hinunter, ohne den Blick vom Fenster abzuwenden.

Auf Zehenspitzen und mit Jeans unter dem knielangen Nachthemd schleiche ich in den Garten. Jarvis hat sich auf den Bürgersteig vor dem Haus gesetzt. Vor ihm liegen leere Bierdosen. Ich klettere durch das Gebüsch und über den Gartenzaun, lasse mich neben ihn fallen.

»Darf ich?«

Ich zeige auf die Plastiktüte. Jarvis nickt, hält mir die Tüte hin. Er scheint sich nicht zu wundern, dass ich da bin.
Ich nehme mir eine Dose, öffne sie, Bier sprudelt hinaus. Vorsichtig setze ich sie an den Mund und nehme einen großen Schluck. Es ist nicht das erste Mal, dass ich Bier trinke. Manchmal lässt Lucinda mich probieren, wenn Frieder und Isa abends nicht zu Hause sind. Aber hier alleine mit Jarvis in der Dunkelheit schmeckt das Bier anders. Es schmeckt nach einem fremden Ort, an dem Dinge, fremde Dinge geschehen. Ich nehme noch einen tiefen Schluck. Dann schauen wir beide auf die Dosen vor uns auf dem Boden. Sechs zähle ich. Sechs Dosen Bier. Er hat sie alle getrunken.
»Ich habe mir einen Namen ausgedacht.« Meine Stimme klingt heiser. Ich traue mich gar nicht, ihn anzugucken, lieber gucke ich auf den Boden vor meinen Füßen.
Jarvis sagt gar nichts. Mit der Hacke tritt er Dellen in eine der leeren Dosen.
»Jolene«, sage ich jetzt etwas lauter.
Jarvis schweigt. Die Dose ist inzwischen so zertreten, dass sie an seinem Schuh hängenbleibt. Er schlägt damit im Takt der flackernden Straßenlampe auf den Boden. Ein blechernes Tack. Tack. Tack. Ich schaue nach oben zur flackernden Straßenlaterne. Und weil ich nicht weiß, was ich sagen soll, sage ich: »Die Lampe ist kaputt.«
Ich bekomme keine Antwort. Und eigentlich weiß ich auch nicht, was man darauf antworten kann. Das Bier macht ein ganz leichtes Gefühl im Kopf, und ich nehme schnell noch zwei große Schlucke.
»Kennst du das Lied über Jolene?«, frage ich. Und dann sage

ich noch: »Ich kann es summen. Es ist traurig.« Ich weiß überhaupt nicht, warum ich das sage. Bestimmt auch wegen dem Bier. Dann summe ich. Ganz leise. Es hört sich nicht so schlecht an hier im Dunkeln. Es hört sich eigentlich ganz schön an, denke ich und summe ein wenig lauter. Dann versagt meine Stimme ebenso plötzlich, wie sie eben von selbst zu summen begonnen hat.

»Strange little girl.« Jarvis Stimme ist tonlos. Dann steht er auf und kickt eine Bierdose gegen die parkenden Autos. Immer wieder, mit sehr gezielten kraftvollen Tritten. So geht er die Straße hinunter. Wenn die Dose zurückkommt, kickt er sie gegen das nächste Auto. Eine Alarmanlage geht los, die nächste. Immer mehr werden es. Ein schriller Chor aus Alarmsignalen. Im Haus schräg gegenüber geht das Licht an, in dem dahinter auch, jemand schreit nach Ruhe. Gleich werden Isa und Frieder aufwachen und mich hier sitzen sehen. Im Nachthemd mit einer Dose Bier in der Hand und sechs leeren Bierdosen vor den Füßen. Ich bleibe einfach sitzen.

Isa und ich sitzen in der Küche und lösen ein Kreuzworträtsel. Als ich kleiner war, habe ich das gerne gemacht, inzwischen langweilt es mich. Das würde ich Isa aber nie sagen, weil ich weiß, dass es sie freut, wenn wir es zusammen machen. Sie sagt, dass ich gut um die Ecke denken kann.

»Hüter einer großen Herde?«

Ich überlege.

»Mutter?«

Isa lächelt mich gerührt an. Ich weiß nicht, ob das bedeutet, dass meine Antwort richtig ist oder falsch. Lucinda kommt in die Küche, lässt ihre Tasche lautstark auf den Boden fallen. Sie ist geschminkt, dunkelroter Lippenstift, die Augen schwarz umrahmt, außerdem trägt sie ihr rotes Kleid, das kaum ihren Po bedeckt. Sie sieht das Kreuzworträtsel auf dem Tisch liegen und wirft mir ihren mitleidigen Blick zu.

»Ich gehe!«

Isa schaut an ihr herunter.

»Muss das sein, musst du so dahin gehen?«

Lucinda zieht gelangweilt die Augenbraue hoch.

»Isa, lass mich. Ich habe es dir schon mal erklärt. *Er* hat gesagt, ich soll mich wohl fühlen während unserer Stunden.«

Isa sieht unglücklich aus, sie will nicht, dass ihre Tochter in diesem Aufzug durch die halbe Stadt fährt. Aber sie kann nichts machen, wenn *er* sagt, dass es gut so ist. Schließlich weiß *er* am besten, was meiner Schwester jetzt guttut.

»Soll ich dich nicht doch bringen?«

Lucinda lächelt gütig, seufzt.

»Isa, du wolltest doch, dass ich dahin gehe. Und du wolltest auch nicht mehr mitkommen.«

Isa schluckt. »Ich weiß, ich dachte nur … das dauert doch ewig mit dem Bus. Ich kann dich hinfahren und dort einen Kaffee trinken und auf dich warten. Das stört mich nicht.«

»Danke. Nein. Vielleicht komme ich auch nicht wieder. Wer weiß …«

»Lucinda, bitte.« Isa ist sich nicht sicher, ob Lucinda es ernst meint.

»Seid dann bitte nicht traurig«, sagt Lucinda, hebt die Tasche auf, schultert sie, »ihr wisst, irgendwie habe ich euch geliebt. Farewell, meine Lieben. Farewell.«

Sie schaut uns lange und endgültig an. Dann dreht sie sich um, geht, ihre Beine zerbrechliche Streichhölzer in zu großen Stiefeln. Wir schauen ihr hinterher.

»Wo waren wir?« Isa guckt mich an, ohne mich zu sehen. In Gedanken, das weiß ich, ist sie an einem Ort, der sie beunruhigt und sich einsam fühlen lässt.

»Hüter einer großen Herde.«

»Ach so, ja …«

Isa seufzt. Über uns an der Wand die große Küchenuhr tickt laut in die Stille hinein. Wir schauen beide zur Uhr. Es ist vier.

»Weißt du noch …«, sage ich, »weißt du noch, der Sommer in Kroatien?«

Sich zu erinnern ist eine gute Beschäftigung für Isa. Es trägt sie an Orte, an denen sie sich sicher fühlt, Orte, an denen Lucinda und ich noch klein und all die Dinge, die Isa sich jetzt müde und schwer fühlen lassen, noch nicht zu sehen waren. Ihr Blick wird weich, während ich sie mit nach Kroatien nehme.

Weißt du noch … Es ist heiß, mindestens vierzig Grad. Die Fußsohlen verbrennen, wenn man barfuß den Boden berührt. Die Pflanzen im Garten sind keine Pflanzen mehr, nur noch dünne braune Skelette. Bei der Hitze kann man auch nicht mehr lesen, kann gar nicht mehr denken. Bis zum Meer sind es fünf Kilometer, zu weit, um in der Mittagshitze zu laufen. Abends wird es kühler, außerdem kommen die Katzen aus all den schattigen Winkeln, die nur Katzen kennen. Auch wenn die Vermieterin es uns verboten hat, füttern wir sie hinten im Garten mit Fischresten und verdünnter Milch. Wir liegen unter Sonnenschirmen und Tüchern und warten, dass es Abend wird. Nur manchmal bekommen wir mittags einen plötzlichen

Energieschub oder, wie Isa sagt, einen *kleinen Hitze-Anfall.* Dann erwachen wir aus unserem Halbschlaf und sind ohne Vorwarnung hellwach.
Lucinda rennt zum Sprenkler. Ich renne zur Stereoanlage, deren Boxen wir in die Terrassentür gestellt haben. »Eins, zwei, drei!«, schreien wir. Bei *drei* schaltet Lucinda den Sprenkler und ich die Anlage an: *Svalutation*, Adriano Celentano. Wir werfen unsere verwaschenen T-Shirt-Kleider ab und rennen in Unterhosen unter den Sprenkler. Wir rennen und hüpfen wie die Irren. Wir wedeln mit den Händen, schütteln unsere Köpfe, unsere Haare. Wir drehen uns so schnell, dass uns schwindelig wird, wir gegeneinanderrennen und so doll lachen müssen, dass wir uns fast in die Hose machen. Oben auf dem Balkon steht Isa und fotografiert uns mit ihrer großen analogen Kamera, die sie nur rausholt, wenn wir im Urlaub sind.
»Keine Fotos!«, brülle ich. Und Lucinda schreit: »Ganz richtig, fotografieren verboten!« Isa knipst trotzdem weiter. Lucinda wirft Isa Kusshände zu, ich werfe meine Haare in alle Richtungen.
Danach sind wir noch müder als zuvor, legen uns auf die warmen Steine vor dem Haus und lassen uns von Frieder Eis bringen, das wir am Abend zuvor aus Fruchtsaft gemacht haben. Isa ruft vom Balkon runter, dass wir uns eincremen sollen, und zwar sofort, und wir sagen: »Ja, gleich.« Und machen es doch erst eine Ewigkeit später.
»Weißt du das noch …?«, sage ich, und dann fällt auch mir nichts mehr ein.
Es dämmert schon. Ich schaue zur Wanduhr hoch. Die Zei-

ger der Uhr sind stehengeblieben. Das passiert manchmal an solchen Tagen. Es ist ganz still in der Küche. Wir sitzen noch immer am Küchentisch, das Kreuzworträtsel unberührt in der Mitte. Den Kopf auf beide Arme gelegt, schaue ich wartend zur Tür. Isa stützt den Kopf in die Hände, blickt auf die Uhr. Sie wartet. Immer unsicherer erscheint es, ob Lucinda wiederkehrt.

Wenn nichts mehr hilft, erinnere ich sie daran, wie es bisher immer war.

»Sie kommt wieder. Jede Woche«, sage ich und nehme ihre Hand, die ganz kalt ist. Aber sie kann mich nicht mehr hören.

Und so sitzen wir, während die Minuten sich wie Stunden anfühlen.

Der Schlüssel in der Tür erlöst uns aus unserer Starre. Wir heben die Köpfe, Isa atmet auf. Stunden- und Sekundenzeiger fangen an zu rennen, als wollten sie die verlorene Zeit einholen. Im Flur hört man Schuhe gegen die Wand fliegen.

»Hallo? Niemand zu Hause?!«

Aus dem Keller dringen Schreie. Schreie, wie ich sie noch nie gehört habe, hoch und jammernd. Vorsichtig öffne ich die angelehnte Kellertür, spähe in den dunklen Raum. Kurz kann ich die Umrisse zweier Katzen erkennen. Es sind Jupiter und ein großer weißer Kater aus der Nachbarschaft. Der Kater hat seine Zähne in Jupiters Nacken, mit seinem ganzen Körper drängt er sich auf Jupiter, die unter ihm kauert, den Mund weit aufgerissen. Als Licht in den Keller und auf die beiden fällt, jagen sie erschrocken und unter großem Fauchen auseinander, an mir vorbei in den Garten. Ich bleibe stehen. Hinter mir fällt die Tür ins Schloss. Es ist jetzt ganz leise. Die feuchte Dunkelheit des Raumes legt sich um mich wie eine schwere nasse Decke.

Ich setze mich auf die Matratze und versuche meine Augen an das Dunkel zu gewöhnen. Die Kellertür habe ich hinter mir geschlossen. Nach einer Weile lege ich mich hin. Das Gesicht nach unten, drücke ich die Nase in die Vertiefung zwischen den Stahlfedern, die herausragen und sich in mein Gesicht bohren. Tiefe Atemzüge nehme ich. Ich schließe die Augen, atme weiter, aus dem Geruch des alten Überzugs tritt ein neuer Geruch, ein Geruch nach etwas Unerklärlichem, etwas, das außerhalb meiner Welt liegt. Mein ganzer Körper wird erfüllt von einem Gefühl, das kein Ende und keinen Anfang hat und traurig und schön zugleich ist. Ich möchte, dass es bleibt, also drücke ich mein Gesicht noch fester in die Matratze, aber es rollt über mich wie eine Welle, lässt mich einsam zurück. Da ist nichts, außer meinem Atem und dem Wechsel von Licht und Schatten an der Wand.

Samstagmorgen um acht klingelt es an der Haustür. Jarvis steht vor der Tür, hat den Daumen auf die Klingel gelegt und hört nicht auf zu drücken. Lucinda steht vor der Tür und beobachtet ihn durch den Spion.

»Malina! Er hat ein Geschenk dabei.«

Sie rückt ein Stück zur Seite, so dass ich auch durch den Spion schauen kann.

»Lucinda!« Jarvis haut mit der Faust so fest gegen die Tür, dass ich zurückweiche aus Angst, dass er sie tatsächlich einschlagen könnte. Lucinda stellt sich wieder vor den Spion. Dann öffnet sie langsam, ganz langsam die Tür. Jarvis hält ihr etwas hin, ein dünnes, in dunkelrotes Seidenpapier eingewickeltes Quadrat. Sie nimmt es, lächelt. Die beiden sprechen kein Wort. Er dreht sich um und geht. Lucinda haut die Tür zu, seufzt.

Dann kniet sie auf den Boden vor der Haustür. Schicht um Schicht entfernt sie das knisternde Seidenpapier.

»Eine Single!«

Triumphierend hält sie ihr Geschenk in die Luft.

Frieder und Isa kommen in den Flur.

»Wer war das denn so früh?«, fragt Isa und sieht mich dabei an.

Ich zucke mit den Schultern. Lucinda beachtet Frieder und Isa gar nicht. Sie rennt den Flur auf und ab, ruft: »Ich brauche einen Plattenspieler! Schnell!«

»Herzlichen Glückwunsch zum Geburtstag, erst mal.« Isa versucht, Lucinda in den Arm zu nehmen, die weicht aus: »Gleich!« Sie stellt sich vor Frieder, sieht ihn anklagend an. »Frieder. Ich brauche einen Plattenspieler.«

»Seit wann hört ihr denn Schallplatten?«, fragt Isa.

»Im Keller«, sagt Frieder und sieht unsicher zu Isa.

»Seit heute«, sagt Lucinda und hält Isa die Single hin. »Komm!«, sagt sie und zieht Frieder an den Händen die Treppe zum Keller hinunter. Ich knie mich auf den Boden, dem Geschenk ist eine Karte beigelegt, die hat Lucinda achtlos liegengelassen. Ich klappe die Karte auf und lese. Als ich wieder aufschaue, bemerke ich, dass Isa hinter mir steht, mitgelesen hat. Ihr Blick ist düster. Schnell klappe ich die Karte wieder zu. Der Satz auf der Karte jedoch geht mir noch Tage später durch den Kopf: *You can check out any time you like, but you can never leave.*

Frieder stellt den alten Plattenspieler aus dem Keller bei Lucinda im Zimmer auf.

»Den habe ich mir gekauft, als ich zu studieren angefangen habe«, erzählt er uns stolz. »So lange gibt es den schon – und er hat einen richtig guten Sound.«

»Genau richtig«, sagt Lucinda, legt die Nadel auf die schwarze Scheibe. Der dünne Tonarm läuft über den Plattenteller, stolpert, läuft dann weiter. Es knackt und knistert. Kein Ton.

»Scheiße!«, sagt Lucinda, und Frieder antwortet schuldbewusst: »Tut mir leid.«

»Vielleicht etwas mit dem Verstärker. Vielleicht die Boxen. Muss man mal überprüfen.« Er schaut vorwurfsvoll den Plattenspieler an.

Wahllos drücke ich auf die kleinen roten und grünen Knöpfe. Und dann ist der ganze Raum plötzlich erfüllt von einer sehnsüchtigen Männerstimme, die nach Lucinda ruft, sie zu sich holen will.

»You wanna live like common people, you wanna do whatever common people do …«

»Aha!«, sagt Frieder wissend.

Was heißt hier *aha*, denke ich. Ich weiß nicht, ob er die Männerstimme meint oder den Plattenspieler, den jedenfalls habe ich wieder zum Laufen gebracht. Ein bisschen stolz bin ich schon. Also sage ich ebenfalls: »Aha!«

»Danke! Raus!«, sagt Lucinda, schiebt uns aus dem Zimmer. Haut uns die Tür vor unseren Nase zu.

Frieder und ich sehen uns an. Wir wissen nicht, was wir reden sollen, müssen wir aber auch nicht, weil Lucinda die Musik jetzt bis zum Anschlag aufdreht. Nach einer Weile fragt Frieder: »Wer war das denn an der Tür?«
Isa kommt die Treppe hoch. Sie sieht uns ratlos vor der Tür stehen. Ihr Schritt ist bestimmt, als sie an uns vorbei zur Tür geht, mit der Faust dagegenschlägt.
»Es gibt Kuchen!«, ruft sie, und das klingt mehr wie eine Drohung als wie eine Einladung. Lucinda hört sowieso nichts. Die Musik ist zu laut.

Wir liegen in Lucindas Bett. Bücher, Stifte, Kartenspiele und Becher fliegen durcheinander. In der Mitte thront das Telefon. Wir haben den Ton laut gestellt, lauschen. Am anderen Ende der Leitung ist Frau Kuchinke, Lucindas Klassenlehrerin. Sie will etwas mit Isa besprechen und hat schon mehrmals auf unseren Anrufbeantworter gesprochen. Jede Nachricht endet mit: *Es ist sehr wichtig! Rufen Sie bitte zurück.* Lucinda und ich haben alle Nachrichten gelöscht, ohne Isa davon zu erzählen.
»Ich kenne mich aus mit Mädchen. Was meinen Sie, wie viele ich davon gesehen habe in den Jahren.« Frau Kuchinkes Stimme klingt sehr, sehr alt. Sie hustet nach jedem zweiten Satz, röchelnd. Lucinda hält die Hand vor den Hörer.
»Kettenraucherin«, flüstert sie mir zu.
»Aber ihre Leistung ist doch gar nicht abgefallen. Ich bin mir sicher, dass sie sich schnell wieder einkriegen wird.« Isas Stimme klingt unsicher.
Frau Kuchinke schweigt, man hört, wie sie an einer Zigarette zieht, tief inhaliert.

»Wissen Sie, ein falscher Vogel im Schwarm, und die Reise nimmt ein böses Ende.«
»Frau Kuchinke«, Isas Stimme klingt jetzt flehend, »Lucinda wird bereits unterstützt von einem sehr guten Arzt. Und ich weiß nicht, ob es eine gute Idee wäre, sie jetzt von den anderen Mädchen abzukapseln.«
»Ich sage es Ihnen ehrlich: Ihre Tochter hat eine Begabung, die sich in eine falsche Richtung bewegt.«
Stille.
»Was ich meine … Sie erzählt Geschichten, die die anderen Mädchen beunruhigen.«
Ihre Stimme wird leiser: »Dunkle Geschichten.«
Lucinda drückt das Gespräch weg und pfeffert das Telefon auf den Boden.
»Arme Frau Kuchinke.« Sie macht ein mitleidiges Gesicht.
»Wieso?«, frage ich.
»Na ja«, Lucinda seufzt, »Angst lässt ihre Phantasie wilder blühen als Frieders Efeu.«

Dieses Jahr fahren wir nicht in den Urlaub. Isa findet die Situation zu heikel. Sie will nicht mit Lucinda im Ausland sitzen und dann den Notarzt rufen müssen, weil die Hitze zu viel für Lucindas Körper ist. »Außerdem sollst du auch in den Ferien regelmäßig zu Dr. Zimmermann«, sagt Isa. Lucinda zeigt Isa einen Vogel. »Ganz schön einfach, alles auf mich zu schieben.« Mehr sagt sie nicht. Sie verlässt einfach den Raum. Frieder, Isa und ich sitzen jetzt allein in der Küche. Frieder und Isa gucken mich an und warten darauf, dass ich etwas sage.
Ich weiß nicht, was. Kurz muss ich an Jarvis denken. Ob er

wegfährt? Wohl kaum. Ich kann mir die Steinmenschen nicht in der Sonne vorstellen. Frieder legt seine Hand auf meinen Kopf. Da liegt sie dann schwer. Er räuspert sich.
»Wir machen uns die Ferien natürlich trotzdem schön«, sagt Frieder.
»Selbstverständlich«, fügt Isa hinzu.
Lucindas Zimmertür ist abgeschlossen. Auch als ich klopfe, kommt keine Antwort.
Später kommt Lucinda in mein Zimmer. »Tut mir leid«, sagt sie. Sonst sagt sie nichts. Sie sieht aus, als hätte sie geweint.
Der letzte Schultag vor den Sommerferien. Herr Nebel, unser Klassenlehrer, teilt die Zeugnisse aus. Er beglückwünscht mich zu meinem: Der Notendurchschnitt ist eine halbe Note besser als im letzten Jahr.
Nachdem die Zeugnisse verteilt worden sind, sprechen alle nur noch über die großen Ferien, die vor uns liegen. Ferienorte und Campingplätze werden ausgetauscht.
Jemand fragt, wo wir hinfahren, und ich sage: »Weit weg. Ans Meer.« Als es zum Ende der Stunde klingelt und Herr Nebel uns allen wunderschöne Ferien wünscht, packe ich, so schnell es geht, meinen Rucksack und gehe, ohne mich von jemandem zu verabschieden. Vor der Schule sehe ich mich um. Keine Lucinda. Wahrscheinlich ist sie schon nach Hause gefahren.
An der Bushaltestelle stehen die Jungs aus der Mittelstufe, grölen, treten sich gegenseitig ans Schienbein. Die Mädchen stehen etwas abseits, schielen heimlich zu den Jungs und kichern. Sie könnten genauso gut klatschen, aber das wäre zu auffällig. Egal was die Jungs machen, sie finden es gut. Das muss irgendwas mit Hormonen zu tun haben. Ich mache einen Bogen um

die Gruppe und beschließe, nach Hause zu laufen. Der Bus fährt an mir vorbei. Dann noch einer. Und dann noch einer. Inzwischen sitzen fast keine Schüler mehr drin. Die Hitze ist unerträglich. Und ich muss ab und zu stehen bleiben. Aber jetzt, wo ich schon die Hälfte der Strecke gelaufen bin, kommt es mir wie eine Niederlage vor, in den Bus zu steigen.

Als ich nach Hause komme, scheint niemand zu Hause zu sein.

»Isa?«, rufe ich. Keine Antwort. »Lucinda?«

Das Haus bleibt still.

Auf meinem Schreibtisch liegt ein kleines flaches Geschenk, zusammengehalten wird es von einem blauen Band. Auf dem Band steht *Von Frieder für Malina.* Ich öffne das Band und falte das Papier auseinander. Eine Saisonkarte für das Freibad.

Die Sonne scheint ins Zimmer und direkt auf meinen Schreibtisch. Langsam leere ich die Hefte aus meinem Rucksack auf dem Tisch aus. Irgendwo zwischen den Heften finde ich das Zeugnis. Ein altes Schulbrot und ein verschrumpelter Apfel fallen auch raus. Ich halte das Zeugnis in die Sonne. Durchschnitt 1,5. Sogar in Mathe habe ich noch eine Zwei geschafft. Ich gehe in die Küche und lege mein Zeugnis auf den Küchentisch.

Dann gehe ich raus in den Garten. Auf dem Gartenweg liegt eine Zigarette. Sie ist nicht ganz bis zum Filter heruntergeraucht. Über der Filteraufschrift klebt Lucindas Lippenstift. Ich habe gesehen, dass Lucinda bei Jarvis mitraucht. Obwohl Isa ihr streng verboten hat zu rauchen. Erstens weil es Lungenkrebs macht, und zweitens weil nichts essen, aber dafür rauchen noch schlimmer ist als alles andere. Ich knie mich auf den Boden und hebe die Zigarette auf. Dann laufe ich nach hinten zur Terrassentür. Ich weiß, dass Isa dort Streichhölzer liegen hat für die Teelichter im Garten. Ich zünde die Zigarette an und verbrenne mir dabei fast die Finger. Ich inhaliere tief und muss nicht husten, obwohl es das erste Mal ist, dass ich an einer Zigarette ziehe. Nur schwindelig wird mir. Schön schwindelig. Der Tag schwimmt weit weg, der Garten dreht sich im Sonnenlicht. Ich schließe die Augen. Ein weiterer Zug, ein letzter, bevor die Glut meine Finger streift. Jarvis und Lucinda, all ihre Geheimnisse dringen mit dem Rauch in mich ein. Ich kann sie alle sehen, die dunklen und die hellen Orte und die, die man nicht betreten darf. »Keine Angst«, denke ich, »keine Angst, bei mir seid ihr sicher. So sicher wie bei niemandem sonst auf dieser Welt.«

Es dämmert schon. Das Haus ist dunkel. Lucinda ist bei Dr. Zimmermann, wo die anderen sind, weiß ich nicht. Es ist mir auch egal. Ich hocke im Garten unter dem Rhododendronbusch und lege kleine Steine um den Blätterberg, unter dem die Maus vergraben ist. Hinter mir fällt das Gartentor zu. Ich drehe mich um und sehe Jarvis den Gartenweg hinaufkommen. Er hat eine volle Plastiktüte in der einen und eine offene Bierdose in der anderen Hand. Dicht neben mir bleibt er stehen.

»Strange little girl.« Er lässt die Plastiktüte auf den Boden fallen.

Schützend hebe ich die Hand über das Mäusegrab. Auf keinen Fall soll er sehen, was ich hier mache. Aber er hat den steinumringten Hügel schon gesehen. Er nimmt einen großen Schluck aus der Bierdose und setzt sich neben mich.

»Was ist das?«
Er zeigt auf meine Hand.
»Eine Maus«, flüstere ich leise, denn immer, wenn Jarvis in der Nähe ist, verliere ich meine Stimme. »Sie ist tot.« Jarvis nickt, aber ich bin mir nicht sicher, ob er überhaupt zugehört hat.
»Your sister is cruel.«
Er lässt die Bierdose fallen, holt zwei weitere aus der Tüte, öffnet beide, drückt mir eine davon in die Hand.
»Beautiful and cruel.«
Er lacht, ist schon wieder betrunken. Die Gesichtszüge entgleiten ihm, wenn er lacht.
»She is so beautiful that it hurts to look at her.«
Er lacht viel und laut und hört dann ganz plötzlich wieder auf. Mit den Füßen tritt er auf die vor ihm liegende Bierdose.
»It fucking hurts. You understand?« Er nimmt meinen Kopf, dreht ihn zu sich. Er schaut mich an, streicht mir eine Haarsträhne aus dem Gesicht. Dort, wo seine Fingerspitzen mein Gesicht berührt haben, fängt die Haut an zu brennen.
»Verstehst du mich?«
»Ja«, flüstere ich.
Seine Augen sind wässrig, rot angelaufen, betrunken. Er beugt sich vor, seine Nasenspitze berührt jetzt mein Gesicht.
»Du verstehst das noch nicht mit der Liebe, Jolene. Du bist noch zu klein dafür.«
Dann küsst er mich, drückt seine Lippen auf meine. Seine Zunge stößt gegen meine Zähne, die ich zur Sicherheit geschlossen halte. Ich bleibe ganz still, schaue einfach nur Jarvis an, der die Augen geschlossen hat. Unter den zitternden Lidern kann ich seine Augäpfel sehen, die hin und her fliegen.

Irgendwann öffnet er die Augen wieder. Als er sieht, dass ich ihn beobachte, löst er seinen Mund langsam von meinem. Dann hebt er seine Hand, legt sie ohne Vorwarnung auf meine Brust. Seine Finger graben sich durch das T-Shirt in meine Haut.

»You are beautiful. Du bist schön.«

Wenn er lacht, verzieht sich sein Mund, und es sieht fast so aus, als würde er weinen.

Als ich Lucinda erzähle, dass Jarvis hier war, dass er über sie geredet hat, will sie alles wissen. Alles. Sie will, dass wir genau nachspielen, wie es war. Isa und Frieder schlafen schon, als wir uns noch einmal hinausschleichen in den Garten. In Nachthemden sitzen wir im Garten unter dem Rhododendron. Lucinda sitzt dort, wo Jarvis saß, als er mich geküsst hat. Andächtig betrachtet sie den Ort, befühlt vorsichtig den Boden unter sich.

»Hier saß er?« Ich nicke. Sie streckt ihre Nase in die Luft. »Ich kann ihn noch riechen.«

»Er hat auf Englisch geredet«, berichte ich.

»Was hat er gesagt?«

Ich überlege.

»Ich weiß nicht, ich glaube, er hat geflucht.«

»Er flucht nicht, Malina. Er verflucht mich.« Sie lächelt zufrieden. »Wenn man verliebt ist, will man lieber, dass der andere tot ist, als dass er jemand anderen liebt.«

»Liebst du denn jemand anderen?«, frage ich. Lucinda winkt ab.

»Musen dürfen nicht lieben. Wenn sie sich verlieben, können

sie keine Musen mehr sein. Musen, die selbst lieben, sind wie Vampire, die das Tageslicht gesehen haben. Sie hören auf zu leuchten und zerfallen zu Staub. Erzähl weiter. Alles!«

»Er hat nach Alkohol gerochen. Er hat gesagt, dass du schön bist. Schön und grausam. Und er hat deinen Namen gesagt, immer wieder. Lucinda, Lucinda … hat er geflüstert.« Ich erzähle meiner Schwester noch mehr, erzähle ihr all das, was sie hören will.

Davon, dass er mich geküsst hat, dass seine Augen so blau waren wie der Himmel im November, kurz bevor er sehr kalt wird, davon, dass ich von ihm träume, nachts, davon erzähle ich nichts.

Schön ist mein Gesicht in der Spiegelung des Küchenfensters. Viel schöner als im großen Spiegel im Badezimmer. Groß und dunkel liegen meine Augen in ihren Höhlen. Richtig geheimnisvoll sehe ich aus. Ich wünsche mir, dass Jarvis mich so sieht. Ganz fest drücke ich die Stirn gegen die kühle Scheibe. Es ist schon spät. Es ist Mitte August, und die Sonne geht jetzt immer früher unter. Am späten Nachmittag ist sie noch warm, dann aber fällt sie plötzlich hinter unser Haus und ist weg. Isa steht neben der Spüle und schneidet Brot, Frieder ist gerade damit fertig geworden, den Abendbrottisch zu decken, als Lucinda die Küche betritt.

»Wir essen«

Lucinda rollt die Augen. Isa ignoriert es, trägt den Brotkorb an den Tisch, setzt sich.

»Ich habe Jarvis gar nicht mehr gesehen.«

»Du hast ihn doch noch nie gesehen«, faucht Lucinda. Sie lässt

sich auf den Stuhl und ihren Kopf auf den Teller fallen. »Jarvis ist Rock 'n' Roll. Das versteht ihr einfach nicht.«
Meine Wimpern streichen über das kühle Fensterglas. »Beautiful«, flüstere ich. »You are beautiful.«
»Malina!«
Widerwillig wende ich mich von der Fensterscheibe ab,
»Brot?« Isa hält mir den Brotkorb hin. Ich schüttle den Kopf, ich kann jetzt nichts essen.
»Keinen Hunger.«
Isa verdreht die Augen. Hält den Korb vor Lucinda. Die hebt gelangweilt den Kopf.
»Hab schon was gegessen.«
Isa atmet tief ein und aus.
»Wollt ihr mich verarschen?«
»Isa, ich habe schon gegessen!«, zischt Lucinda.
»Ist mir egal.« Isa nimmt den Brotkorb nicht weg.
»Isa, ich kotze, wenn ich noch mehr essen muss.«
Hilfesuchend schaut sie zu Frieder.
»Isa …«, sagt Frieder.
»Frieder!«, kontert Isa, und ihr Blick bringt Frieder augenblicklich zum Schweigen.
»Ihr werdet jetzt beide ein Brot essen!« Isas Stimme überschlägt sich, der Brotkorb hängt über dem Tisch wie ein Beil, dass sie im nächsten Moment runterfallen lassen wird. Lucinda ist vom Tisch aufgestanden. Sie sieht Isa entsetzt an. Tränen treten in ihre Augen. Sie versucht, sie zurückzuhalten.
»Du hast gesagt, dass es okay ist, wenn ich draußen esse.«
»Neue Spielregeln«, zischt Isa. Die beiden blitzen sich an, wie zwei Katzen kurz vor dem Kampf.

Lucindas Mund zittert. Sie stößt den Stuhl nach hinten, er kippt um.
»Du kannst mich nicht zwingen!« Sie rennt aus der Küche.
Isa bleibt ganz ruhig sitzen. Dann plötzlich schnellt sie hoch und schreit:
»Doch das kann ich. Das wirst du schon noch sehen!«
Ich drücke mein Gesicht so nah an die Fensterscheibe, dass ich nur noch meine Augen sehen kann. Und wenn ich die Augen schließe, kann ich ihn, kann ich Jarvis hören, ganz nah an meinem Ohr flüstert er.
»Strange little girl. You are beautiful.«

Es ist genau Mitternacht, als das Feuerwerk losgeht. Erst zischt es, dann zieht eine Rakete an meinem Fenster vorbei. Wenig später noch eine. Ich springe aus dem Bett und renne zum Fenster. In dem Moment fliegt eine weitere Rakete an mir vorbei in die Luft, verwandelt sich oben am Himmel in leuchtende Sterne. Roter Glitzerregen fällt knisternd zu Boden. Mittendrin in dem Glitzerregen steht, in einem weißen T-Shirt und mit nackten Beinen, Lucinda. Sie presst einen der Stuckengel an ihre Brust und schaut in den Himmel. Eine weitere Rakete. Diesmal regnet es grüne Sterne.
Sie sieht mich am Fenster stehen und ruft mir etwas zu, ich kann sie nicht verstehen, öffne das Fenster, lehne mich weit hinaus.
»Malina!«, brüllt Lucinda und hält den Engel in die Luft. »Janis! Jemand hat sie umgebracht!«
Jemand hat Janis umgebracht. Hat sie, den stärksten Engel von allen, zu Fall gebracht. Dieser Jemand feuert aus dem Gebüsch

vor unserem Haus eine Rakete nach der anderen ab. Schon wieder zischt eine direkt an mir vorbei, blauer Sternenregen über meinem Fenster.

Im Wohnzimmer geht Licht an. Isa tritt auf die Terrasse. Sie sieht sich verwirrt um, sieht Lucinda in einem kurzen T-Shirt, einen der Stuckengel in der Hand, in der Mitte des Gartens stehen.

»Was machst du da?«, ruft sie.

Lucinda antwortet nicht, ihre Augen funkeln, die Beine zittern. Stumm hält sie uns den gefallenen Engel entgegen.

Hinter ihr zieht die nächste Rakete in die Luft. Isa zuckt zusammen. Jetzt hat auch Frieder die Terrasse betreten. Als er Janis sieht, schlägt er die Hände vor das Gesicht.

»Gott, nicht auch noch der.«

Eine letzte Rakete fliegt auf, startet sehr tief, zieht erst knapp an Lucinda vorbei, dann an Frieder und Isa, geht hoch in die Luft. Wir alle schauen ihr nach, warten auf den großen Knall, auf ein zitterndes, splitterndes Feuerwerk. Aber da kommt nichts. Sie verschwindet einfach in der Nacht. Eine lange Zeit ist es nur still. Dann fängt Isa an zu weinen.

Hinter dem Haus, auf der kleinen Anhöhe zwischen den alten Eichen, bestatten wir die gefallene Janis um die Mittagszeit. Es ist ein warmer Tag, die Sonne brennt uns Haut und Gedanken weg. Wir tragen Strohhüte und weiße lange Kleider. Langsam laufen wir den Hügel hinauf. Lucinda trägt Janis, ich trage einen kleinen Holzschrank, den wir aus dem Keller geholt haben. Es ist ein Erbstück, das Isa von ihrer Großmutter bekommen hat, und ich bin mir sicher, dass sie böse wird, wenn sie herausfindet, dass wir den Schrank genommen haben. Auf

der Anhöhe angekommen, stellen wir den Schrank auf die höchste Stelle. Achtsam bettet Lucinda Janis in den Schrank hinein.
»Wieso begraben wir sie nicht?«, frage ich.
»Frauen wie Janis«, sagt Lucinda, »werden nicht begraben. Sie bekommen einen Schrein. Ein Schrein ist die Gruft der Ikonen.«
Lucinda hat eine Schachtel Konfetti in der Hand.
»Das Zeichen für Tenebrien. Damit sie Janis finden«, sagt Lucinda.
Großzügig verteilt sie die bunten Papierschnipsel über der Grabstätte.
»Wen die Götter lieben, den lassen sie früh sterben«, sagt Lucinda, und weil ich nicht weiß, was man an Beerdigungen sonst so sagt, sage ich:
»So ist das eben.«
Lucinda drückt mir ebenfalls eine Handvoll Konfetti in die Hand, die ich weit über die Spitze des Hügels verteile.
»Und jetzt?«, frage ich.
»Jetzt müssen wir uns noch ein bisschen auf den Boden legen und den Himmel anschauen. Janis hätte das so gewollt. Ein Schrein ist dafür da, jemanden zu ehren. Seine Wünsche zu würdigen.«
Lucinda schließt sorgfältig die Tür des Schranks.
»Wegen Frieder!«, erklärt Lucinda »Er darf sie nicht sehen. Sonst versucht er, sie wiederzubeleben. Das würde ihr nicht gerecht werden.«
»Aber wäre es nicht schöner, wenn sie bei den anderen bleiben würde?«

»Nein, Malina, es ist ihr Schicksal, früher zu gehen.«
Dann legt sie sich neben dem Schrein flach auf den Boden, schaut in die Sonne.
»Komm her«, sagt sie und klopft neben sich auf den Boden, »leg dich zu mir!«
Ich lege mich neben sie, aber weil das Licht so blendet, muss ich die Augen zusammenkneifen. »Lass die Augen offen.«
Ich öffne meine Augen wieder, es brennt so sehr, dass meine Augen tränen und ich sie schließen muss.
»Ich schaffe es nicht«, sage ich.
»Man spürt irgendwann nicht mehr, dass es brennt. So ist das auch, wenn man verliebt ist. Es ist wie ein Trip, irgendwann sieht man gar nichts mehr. Nur noch tanzende Punkte. Janis hätte es geliebt.« Lucindas Stimme klingt weit weg.
Ich öffne die Augen wieder und schaue hinauf in den Himmel, direkt ins Licht schaue ich und lasse die hellen Strahlen Löcher in meine Augen brennen. Lange, länger, so lange, bis es nicht mehr weh tut, bis ich die Punkte tanzen sehe.

Isa und Frieder schlagen vor, dass ich für die letzte Ferienwoche zu Isas Schwester fahren soll.
»Und Lucinda?«, frage ich.
»Lucinda bleibt hier.«
»Warum?«, sage ich. »Ich will nicht alleine wegfahren.«
Isa sagt, dass es dort schön sein könnte, dass es auch mal schön sein könnte ohne Lucinda. Es ist ganz in der Nähe. Ich kann zurückkommen, wann immer ich möchte. Sie wird mich hinbringen mit dem Auto.
»Außerdem kann man dort reiten«, sagt sie.

»Isa, ich habe mich noch nie für Pferde interessiert«, sage ich. »Danke. Nein.«
»Aber willst du nicht noch wegfahren in den Ferien?«
»Nein«, sage ich und beiße von dem Apfel in meiner Hand so ein großes Stück ab, dass ich eh nichts weiter sagen kann.
Die beiden gucken mich traurig an. Ich kann sehen, dass sie denken, sie wüssten, was gut für mich ist. Sie denken, dass ich eine falsche Entscheidung treffe. Das macht sie traurig.
Drei Tage später fahren wir an den See. Frieder und Isa bestehen darauf, etwas Schönes zu machen. Lucinda protestiert nicht, packt stattdessen einen großen Korb mit Büchern, Kissen, Tüchern, Sonnencreme und einer Wolldecke. Der See ist groß und dunkelblau und menschenleer.
Frieder breitet ein Tuch aus. Lucinda legt ihre Decke etwas abseits hin. Isa fragt, ob sie nicht zu uns kommen möchte. Lucinda schüttelt den Kopf. Isa steigen Tränen in die Augen, die sie schnell wegblinzelt.
Isa fragt, ob wir baden gehen wollen. Lucinda verkündet, dass sie ihren Bikini vergessen hat und sowieso nicht vorhatte, in diesem grünen Fischteich zu schwimmen. Wer weiß, was da so unter der Oberfläche abhängt.
»Die kleinen Fische schwimmen besonders gerne in Körperöffnungen rein«, sagt sie.
Dann hüllt sie sich in ein großes Tuch, setzt ihre Sonnenbrille auf und verschwindet hinter einem Buch.
Isa zuliebe ziehe ich meinen Badeanzug an und sage, dass ich später mit Sicherheit noch schwimmen werde.
Frieder zieht mit großer Geste ein Kartenspiel aus der Tasche. »Mau-Mau!«, sagt er, und Isa sagt, dass das eine tolle Idee sei.

Ich habe eigentlich keine Lust, will sie aber nicht enttäuschen. Wir spielen Mau-Mau. Isa ist nicht bei der Sache, ständig guckt sie rüber zu Lucinda.

Sie fischt Obst, Lucindas Lieblings-Müsliriegel und Brötchen aus ihrer Tasche, die sie uns allen anbietet. Lucinda greift nach einem winzig kleinen grünen Apfel, in den sie ihre Zähne drückt und konzentriert den Saft aussaugt, bis der Apfel an der Stelle ganz trocken ist. Dann wendet sie sich einer anderen Stelle zu. Isa versucht, nicht hinzusehen, aber ihre Augen wandern immer wieder zu Lucinda, und ich kann sehen, dass sie sich ihren Kommentar nur schwer verkneifen kann. Nach fünf Runden Mau-Mau hat keiner außer Frieder mehr so richtig Lust. Isa sagt, sie bräuchte eine Pause. Lucinda ist eingeschlafen. Sie ist fast komplett von dem großen Tuch bedeckt, das sich im Rhythmus ihrer Atemzüge kaum sichtbar auf und ab bewegt.

Ich rolle mich in eines der großen Badehandtücher ein und tue so, als ob ich schlafe. Aber in Wahrheit beobachte ich Isa und Frieder durch die beinahe geschlossenen Augen.

Die beiden reden kaum. Isa zieht ihr Kleid aus, umständlich kramt sie in der Tasche nach ihrem Badeanzug und zieht ihn sich an. Als sie für einen kurzen Moment ganz nackt ist, dreht sie sich von Frieder und uns weg. Dann geht sie ans Wasser.

Frieder baut währenddessen einen Sonnenschutz aus Stöcken und Tüchern. Die hellen Haare an seinen langen dünnen Beinen glitzern in der Sonne. Als Isa aus dem Wasser kommt, hält Frieder ihr ein Handtuch hin. Sie lässt sich von ihm in das Handtuch einwickeln, steht dann bewegungslos da und starrt aufs Wasser. Frieder steht hinter ihr.

Hilflos streckt er eine Hand nach ihrem Rücken aus. In dem Moment dreht Isa sich um, und als ihr Blick seinen trifft, lächelt sie, aber ich kann sehen, dass sie traurig ist. Jeder kann sehen, dass sie traurig ist. Selbst die Ameise, die in diesem Moment über meine Hand krabbelt, selbst sie kann sehen, dass Isa traurig ist. Aber sie lächelt, und er lächelt zurück.
Und auf einmal weiß ich, dass Frieder und Isa auch nicht mehr über dieses Leben wissen als ich. Es spielt keine Rolle, dass sie unsere Eltern sind. Es spielt keine Rolle, wie lange sie schon auf der Welt sind. Sie sind genauso verloren in diesem Sommer.

Ich liege in Lucindas Zimmer auf dem Boden. Auf höchste Lautstärke habe ich den Plattenspieler gedreht, so dass Jarvis Cockers Stimme den Raum flutet, in jeden Winkel dringen kann. Eine bis zur Hälfte ausgetrunkene Dose Bier aus dem Kühlschrank hat gereicht, mich zwischen Traum und Wachzustand schweben zu lassen. Warm und leicht fühle ich mich. Ich liege auf Lucindas achtlos auf den Boden geschmissenen Kleidern, das Plattencover auf meinem Kopf. »You wanna live with common people, you wanna sleep with common people like me?« Mit den Fingern streiche ich über die Orte in meinem Gesicht, die Jarvis berührt hat, lege die Hand auf meine Brust, so wie er es getan hat. Mit einem Mal hört die Musik auf zu spielen.
»Mein Gott, Malina!«
Ich schrecke hoch, das Plattencover fällt zu Boden. Die Musik war so laut, dass ich nicht gehört habe, wie die Türklinke hinuntergedrückt wurde, Lucinda leise den Raum betreten hat.

»Ich wollte sie nur mal hören«, verteidige ich mich, springe auf und will schnell aus dem Zimmer. Aber Lucinda stellt sich vor die Tür, dreht den Schlüssel im Schloss, steckt ihn in ihre Hosentasche.
»Ich wusste nicht, dass es so schlimm ist!«
Sie schüttelt den Kopf.
»Ich wollte ja nur«, stottere ich.
»Pssst. Alles wird gut.«
Unsanft führt sie mich an der Schulter zu der Couch in der hintersten Ecke des Raumes, dabei kippt die Dose auf dem Teppich um und das Bier ergießt sich über den Boden, fließt unter Lucindas Kleiderschrank. Lucinda pfeffert Bücher und Kleider, die auf der Couch liegen, achtlos auf den Boden.
»Hinlegen!«, befiehlt sie.
Widerstandslos lasse ich mich von ihr auf das Sofa drücken. Lucinda greift nach einem Block und Stift, schiebt sich einen Stuhl hinter die Couch, so dass ich sie nicht sehen kann. Sie räuspert sich laut.
»Wie fühlst du dich heute?«
Sie spricht jetzt langsam und tief. Betont jedes Wort.
»Besser als letzte Woche?«
»Lucinda …«, sage ich leise.
»Das ist völlig normal.«
Sie notiert etwas auf ihrem Block.
»Du musst dir selber Zeit geben, in deinen Körper zurückzufinden.«
»Lucinda, bitte.«
»Wie fühlst du dich in deinem Körper? Bist du schön?«
»Ich will nicht, hör auf«, flehe ich.

»Findest du deinen Körper schön? Und Jarvis? Träumst du von ihm? Begehrst du ihn? Möchtest du ihn anfassen?«
Mir kommen die Tränen. Ich möchte aufstehen und zur Tür rennen, aber ich kann mich nicht bewegen.
»Lass mich raus. Bitte!«
»Solange du nicht darüber sprichst, solange du dich mir nicht öffnest, werden wir dein Problem nicht ändern können.«
»Ich denke nicht an ihn. Nie.« Jetzt weine ich wirklich.
»Tust du doch!«
Lucinda wirft den Block auf den Boden neben sich. Dann geht sie zur Tür und bedeutet mir, das Zimmer zu verlassen.

Herbst

Es ist früh am Morgen. Nachts fallen die Temperaturen inzwischen schon tief, und deswegen ist die Luft noch feucht und voller Nebel. Vor mir läuft Lucinda summend den Gartenweg hinunter. Gestern Abend sind sie und Jarvis wieder bis spät in der Nacht im Keller gewesen. Er ist der Erste, der es gewagt hat, wiederzukommen. Der Einzige, der geblieben ist. Dunkle Ränder unterlaufen Lucindas Augen, ein unbestimmtes Lächeln spielt um ihren Mund, sie bemerkt nicht, dass ich immer langsamer werde und irgendwann ganz stehen bleibe. Das Gartentor fällt hinter ihr zu. Den Nächten im Keller folgen Tage, an denen Lucinda auf Reisen ist, ihr Körper nur vortäuscht, dass sie da ist, hier bei uns. Die Absätze ihrer Cowboystiefel klappern auf dem Asphalt. Tack, tack, tack. Heiter und auf Reisen. Tack! Tack! Tack!

Vielleicht wird sie erst an der Bushaltestelle feststellen, dass ich nicht mehr da bin. Vielleicht auch gar nicht. Vielleicht werde ich zur Schule gehen. Vielleicht auch nicht. Vielleicht werde ich in den Keller gehen. Ich werde nach Spuren suchen, die mir verraten, was hier geschieht, an den Nachmittagen, in den Nächten, in denen ich wach liege, auf meine Schwester warte. Dann werde ich mich auf die Matratze legen und durch den Türschlitz beobachten, wie die Sonne wandert, die Erde sich dreht, ohne überhaupt Notiz davon zu nehmen, dass ich dort liege, einsam, vielleicht auch glücklich, wer weiß das schon.

Und dann höre ich Lucinda schreien. Noch nie habe ich meine Schwester so schreien hören.

Ich weiß im ersten Moment, dass etwas Entsetzliches passiert ist. Ich fange an zu rennen. Ich renne, so schnell ich kann, den Gartenweg hinunter auf die Straße. Lucinda steht vor Jarvis' Haus. Sie steht direkt vor seinem Haus und schreit. Ihr Gesicht drückt einen so unglaublichen Schock, einen so wahnsinnigen Schmerz aus, dass ich erstarre. Als sie mich sieht, schreit sie noch lauter.

»Malina! Geh! Geh zurück!«, schreit sie.

Und dann, ich weiß nicht, warum, gehe ich trotzdem vorwärts. Wie aufgezogen laufe ich auf meine Schwester zu, die mich mit weit aufgerissenen Augen ansieht. Da sind keine Bilder, keine Vorstellungen, nur der Drang vorwärtszugehen. Zu sehen, was sie gesehen hat. Sie nicht alleine zu lassen. Als ich mich zur Seite drehe, dahin, wo ich das Unbegreiflich vermute, weiß ich, dass ich es mir nie so schlimm hätte vorstellen können.

Lucindas Stimme überschlägt sich fast. »Nein, Malina!«

Aber da ist es schon zu spät. Ich sehe, was sie gesehen hat.

Die Zeit steht still.

Vor Jarvis' Haus in der Mitte des Gartens steht ein Apfelbaum.

Still.

In dem Apfelbaum hängt etwas, baumelt schwer hin und her.

Still.

Es ist Jarvis.

Still.

Sein Kopf ist nach vorne hin abgeknickt. Es sieht beinahe friedlich aus, wie er dort hängt, an einer Wäscheleine. Er trägt das *Jarvis is Jesus*-T-Shirt.

Still.

Unter seinem Körper liegt, umgekippt, ein alter Stuhl: dunkles Holz, eine mit Samt überzogene Sitzfläche.

Still.

Schreie ich? Stehe oder falle ich? Ich weiß es nicht. Der Steinmann kommt aus dem Haus gerannt. Dann kommt die Steinfrau. Der Steinmann holt Jarvis vom Baum. Er legt den leblosen Körper auf den Boden. Die Steinfrau fällt mit dem Gesicht auf den Körper am Boden. Ich schließe die Augen. Sie macht Geräusche wie ein sterbendes Tier.
Ich öffne die Augen wieder. Nichts hat sich geändert. Lucinda kauert neben mir am Boden, würgt, hustet.
Frieder kommt, legt seine Hände über unsere Augen und führt uns von der Straße. Lucinda will bleiben, stemmt sich gegen Frieder, fällt hin. Frieder hilft ihr hoch. Ein Krankenwagen kommt. Da sind Männer, die mit uns sprechen. Uns etwas zu trinken geben, Decken um uns legen. Isa redet auf uns ein, aber hören kann ich sie nicht. Ich höre nichts mehr. Die Farben um mich herum sind grell. So grell, dass sich alles dreht und meine Augen einfach zufallen, nicht mehr aufgehen wollen. Die Stimmen der Erwachsenen sind zu laut oder zu leise. Direkt an meinem Ohr oder so weit weg, dass ich nichts verstehe. Dann wird es dunkel. Ich öffne die Augen.

Es bleibt dunkel.

Danach passiert tagelang gar nichts. Wir müssen am nächsten Tag nicht zur Schule und auch nicht am übernächsten. Lucinda und ich liegen in Lucindas Bett. Über Jarvis sprechen wir nicht. Stattdessen hören wir Hörspiele, doch wir hören nicht zu. Ich kann Tage und Nächte nicht mehr auseinanderhalten. Isa kommt in unser Zimmer, öffnet und schließt die Gardinen, bringt uns Essen und Trinken ans Bett. Wir lassen alles stehen, und Isa nimmt das Tablett ohne ein Wort wieder mit hinaus. Wenn ich schlafe, sind meine Träume bedrohlich laut und nah. Ich werfe mich hin und her, wache auf und friere, weil ich die Decke vom Bett getreten habe. Lucinda neben mir bewegt sich kaum. Isa fragt uns, ob wir zu Jarvis' Beerdigung gehen wollen. Wir schütteln die Köpfe. Isa sagt, dass wir mit ihr reden sollen. Wir schütteln die Köpfe. Isa und Frieder gehen hin. Sie wollen wissen, ob sie uns alleine lassen können. Wir nicken. Als sie wiederkommen, sind Isas Augen gar nicht mehr zu sehen, so verquollen sind sie. Lange sitzt sie bei uns am Bett, eine Hand auf unserer Decke.

»Alles fühlt sich so dunkel und weit weg an«, sage ich und fange an zu weinen. Isa nimmt mich in den Arm, hält mich so fest, dass ich das Gefühl habe zu ersticken.

»So ist das, wenn jemand stirbt«, sagt sie. »Es wird vorbeigehen«, sagt sie. Obwohl ich es mir nicht vorstellen kann, glaube ich ihr. Und dann geht es irgendwann auch vorbei. Ein biss-

chen. Wir stehen wieder auf. Bewegen uns langsam in Zeitlupe durch das Haus. Über Jarvis sprechen wir immer noch nicht. Überhaupt reden wir nicht mehr über das Haus nebenan. Nur einmal sagt Frieder, dass sie verkaufen. Die Steinmenschen verkaufen das Haus. »Man kann«, sagt Frieder, »an so einem Ort nicht bleiben.«
»Niemals«, stimmt Isa zu.

Wir sitzen auf der Mauer am Gartentor. Es ist ein warmer Tag, die Sonne scheint, als hätte sie gar nicht mitbekommen, dass der Herbst angebrochen ist. Wer weiß, vielleicht lässt dieses Jahr den Herbst einfach ausfallen, und der Sommer geht direkt über in Schnee, denke ich. Lucinda friert trotz der milden Temperaturen. Sie trägt einen alten Wollpullover von Frieder, hat die Knie darunter an ihren Körper herangezogen. Klein und zusammengekauert sitzt sie neben mir, spricht kein Wort. Isa hat mir Pistazien mitgegeben und mich gebeten, Lucinda davon anzubieten. Ich schäle die grünen Kerne aus ihrer Schale und halte sie Lucinda hin. Sie reagiert nicht, und nach einer Weile ziehe ich die Hand zurück und esse die Kerne selber, schnippe die Schalen hinunter auf die Straße.
»Ich kann dir Zöpfe flechten, und wir können trockene Blätter hineinstecken.« Sie nickt. Ich trenne ein paar Haarsträhnen ab und fange an, sie übereinanderzulegen.
Plötzlich dreht Lucinda sich zu mir.
»Du darfst es nicht weitersagen.« Ihre Stimme ist klar.
Ich schüttle den Kopf.
»Auch nicht den Erwachsenen.«
»Nein.«

Sie schaut auf den Boden.
»… ich wusste, dass er sterben wird.«
Ihre Augen sind dunkel und leer.
»Ich muss auch bald gehen. Verstehst du?«
Nichts verstehe ich. Aber ihr Blick ist so flehend, und deswegen nicke ich. Weil ich nicht weiß, was ich sagen soll, biete ich Lucinda wieder eine Pistazie an. Und Lucinda nimmt sie, legt sie sich in den Mund wie eine Hostie. Dann lässt sie sich plötzlich von der Mauer rutschen.
»Komm mit«, sagt sie, zieht mich hinunter und ins Haus.
Im Badezimmer schließt sie die Zimmertür von innen ab. Sie streift ihre Stoffhüllen ab. Pullover, noch ein Pullover, Hemd, T-Shirt. Es ist ein bisschen wie bei den russischen Puppen, bei denen unter jeder Puppe eine weitere erscheint. Dann steht sie oben herum nackt vor mir, zeigt mir ihren Rücken.
»Fühl mal«, sagt sie, und ich fahre mit den Fingerspitzen über die feinen Haare, die überall auf ihrem Rücken wachsen.
»Schön, oder?«
Ich nicke. Aber sicher bin ich mir nicht. Der Rücken meiner Schwester sieht gar nicht mehr aus, als ob er zu ihr gehört. Die Schulterblätter sehen aus wie Flügel, aber zum Fliegen sind sie zu klein. Man kann jede einzelne Rippe sehen. Ein zerbrechlicher Käfig. Schnell ziehe ich meine Hand zurück.
»Vielleicht verwandle ich mich.«
»Warum?«
»Weil ich in diesem Körper nicht leben kann.«
»In was wirst du dich verwandeln?«
»Ich weiß es nicht. In eine Libelle. Oder in einen Vogel. Oder in einen Baum. Vielleicht auch in Wasser. Ich weiß es nicht.«

Ich sitze unter dem Rhododendron und trinke Dosenbier. Meine Beine zittern vor Kälte. Hinter dem Haus höre ich Frieder rufen.

»Malina?« Und dann noch einmal lauter: »Malina?« Ich beschließe, einfach nicht zu antworten. Ich mag nicht ins Haus gehen. Seit der Sache mit Jarvis ist die Stimmung dort seltsam. Als könnten Lucinda und ich jeden Moment zerbrechen, schleichen Isa und Frieder auf Zehenspitzen um uns herum. Ständig finde ich sie in den Ecken des Hauses, wo sie stehen, flüstern, sich umsehen wie Verfolgte und verstummen, wenn einer von uns in ihre Nähe kommt. Dann streichen sie uns durchs Haar, und wir bleiben stehen, obwohl ihre Finger sich anfühlen wie tot.

Als ich gestern spät aus dem Garten kam, standen sie in der dunklen Küche.

Isa stand in der Mitte der Küche und weinte. Die Schluchzer rollten fast gewaltsam über ihren Körper, der so unkontrolliert zitterte und bebte, als gehörte er nicht mehr zu ihr. Frieder hatte die Arme um sie gelegt. Mit den Händen strich er immer wieder über ihren Kopf. »Pss, pss«, flüsterte er, »nicht weinen, nein.«

»Ich habe solche Angst«, flüsterte Isa. Frieder nahm ihren Kopf in die Hand, sah ihr in die Augen. »Ich auch.«

Wieder höre ich Frieder meinen Namen rufen. Jupiter kommt, schleicht um meine Beine. Ich nehme einen tiefen Schluck und werfe die leere Dose weit in den Garten, in die Richtung, aus der Frieders Stimme kommt. Ich merke, wie das Bier sich angenehm in meinem Kopf ausbreitet, dafür sorgt, dass alles weich und unwirklich wird. Jupiter reibt ihren Kopf an meinem Knie.

»Du bist zu jung. Du verstehst noch nichts von der Liebe«, sage ich.
Sie drückt ihren Körper an meinen. Dann legt sie sich auf den Rücken, streckt alle Beine von sich, schnurrt wie Lucinda, wenn sie aus dem Keller kommt. Ich habe keine Lust, sie zu streicheln. »Such dir jemand anderen«, sage ich. »Ich habe eigene Sorgen.«
Seit dem Abend mit Jarvis bin ich nicht mehr hier gewesen, unter dem Rhododendron. Wie das wohl ist, wenn es keine unbekannten Orte mehr gibt? Wenn alle Orte sich verbunden haben mit Menschen und Ereignissen? Jetzt, wo ich wieder hier bin, muss ich an so vieles denken, an Jarvis, an seine Zunge in meinem Mund, seine Hand auf meinem Körper. An die Farbe seiner Augen. Das alles wird nie wieder so sein. Ich kann nur noch in Gedanken dorthin. Selbst wenn Jarvis noch leben würde, wäre es vielleicht das einzige Mal geblieben. Aber das ist etwas anderes. Das ist viel kleiner. Jarvis' Nicht-da-Sein ist größer, als ich denken kann.
Aus dem Dunkel des Gartens taucht Lucinda am Haus auf. Barfuß, im Nachthemd, einen hellen Mantel übergeworfen, kommt sie den Gartenweg hinuntergelaufen. Sie sieht mich nicht, verlässt den Garten, verschwindet in der Dunkelheit. Einen Moment lang möchte ich hinterherlaufen. Dann entscheide ich mich, sitzen zu bleiben. Ich öffne noch eine Dose Bier. Weißer Schaum quillt mir entgegen.

Morgens, wenn ich zur Schule losgehe, ist es jetzt noch dunkel. Ich gehe erst im letzten Moment los. Isa besteht darauf, mir noch ein Pausenbrot zu schmieren, das trägt sie mir aus der

Küche in den Garten hinterher. Manchmal sehe ich Lucinda am Fenster stehen. Ich weiß, sie würde gerne mit, aber Isa und Frieder haben mit der Direktion der Schule gesprochen und beschlossen, dass es besser ist, wenn Lucinda zu Hause bleibt. Erst hat Lucinda noch gedroht, dass sie sich vor die Schule legen wird. Aus Protest. Aber dann ist sie am ersten Morgen nach den Herbstferien doch im Bett liegen geblieben. Den Weg zur Bushaltestelle renne ich, komme atemlos dort an.
Die Mädchen in der Schule fragen mich nicht nach Lucinda, obwohl ich weiß, dass sie über sie reden. Ich kann es an ihren Blicken sehen, daran, wie sie mich beobachten, daran, wie sie mir zulächeln.
An schlimmen Tagen ist ohne Lucinda durch die Schule zu gehen so, als ginge ich nackt. Die Blicke der anderen kratzen an mir, fügen mir kleine Wunden zu, besonders die geheimen, die, die ich nicht sehen soll. Dann fühle ich mich verloren in den Gängen des Schulhauses, möchte in die Ecken kriechen und dort sitzen bleiben, bis Lucinda kommt und mich holt.
An den restlichen Tagen ist die Schule ein grauer Ort ohne Geheimnisse. Eine zähe Ansammlung von Stunden, durch die ich mich hindurchquäle.
Der Einzige, der sich regelmäßig nach Lucinda erkundigt, ist Herr Salin. Er verehrt Lucinda. Ich glaube, ganz heimlich ist er in sie verliebt. Oder vielleicht wäre er verliebt in sie gewesen, früher einmal, wenn es Lucinda da schon gegeben hätte.
»Wie geht es deiner Schwester?«, fragt Herr Salin, und ich antworte jedes Mal: »Gut.«
Er holt ein Buch aus seiner alten ledernen Lehrertasche.
»Gib ihr das doch von mir.«

Herr Salin bringt Lucinda häufiger Bücher mit. Es sind immer alte Bücher. Besonders schöne Ausgaben. Bestimmt kauft er sie in Antiquariaten. Manchmal stehen Widmungen drin. »Für Adeline. Mit besten Wünschen.« Oder Ähnliches. Lucinda nimmt diese Bücher mit großer Wichtigkeit an sich und legt sie beim Schlafen unter ihr Kopfkissen, liest sie aber nie.
»Das ist gar nicht nötig«, erklärt sie mir. »Es sind Nachrichten, die ich auch so verstehe.«

Lucindas Platz am Esstisch ist leer. Isa hat ihr trotzdem Kartoffeln mit Quark aufgetan, die liegen jetzt unberührt und kalt auf dem Teller wie ein Vorwurf. Wir anderen essen schweigend, kein Geräusch, nur das Kratzen der Messer auf den Tellern.
Über der Küche hört man Füße, die hart auf dem Boden aufkommen, Lucinda tanzt. Dumpf kann man Jarvis Cocker vernehmen. Isa und Frieder werfen sich Blicke zu. Sie verstehen nicht. Sie können Lucindas Schmerz nicht fühlen, nur sehen. Sie verstehen ihre Sprache nicht mehr, und jetzt versuchen sie verzweifelt, ihre Zeichen zu deuten. Sie suchen nach dem Punkt, wo sie meine Schwester verloren haben, nach der Abzweigung, die Lucinda genommen hat.
Es ist, weil sie die Geräusche nicht erträgt, das Kauen und Schmatzen, das Schlucken, das Zischen der Kohlensäure, wenn man den Deckel der Wasserflasche öffnet, will ich erklären, aber mein Mund bleibt geschlossen. Sie kann es nicht mehr hören, das Geräusch, wenn man Wurst aufs Brot legt, Isas Unterkiefer, wenn er beim Essen knackt, Frieders Messer, das über den Teller rutscht. Es macht sie traurig. Weil sie mehr

vom Leben erwartet. Kein leises Summen, sondern ein Dröhnen, kein stetes Licht, sondern ein Blitzgewitter, und immer soll da ein Brennen sein auf der Haut und ganz tief drinnen, damit wir spüren, dass wir am Leben sind.

Versteht ihr das nicht? Schreie ich, doch sie hören mich nicht. Frieder und Isa sehen mich gar nicht an, sie schauen zur Decke, die jetzt vibriert, so heftig sind Lucindas Schritte. Ein Donnern, ein Zittern, ein Beben. Dann knallt es, etwas fällt mit Wucht auf den Boden. Wir sitzen wie erstarrt am Tisch, atmen nicht, lauschen. Nichts. Auch keine Musik mehr.

»Lucinda!« Isa springt auf. Rennt die Treppe rauf zu Lucindas Zimmer. Frieder und ich hasten hinterher.

»Mach sofort auf!« Isa rüttelt an der Zimmertür. Abgeschlossen.

Frieder drängt sie zur Seite.

»Lass mich mal!« Mit einer Entschlossenheit und Kraft, die ich ihm gar nicht zugetraut hätte, die vor allem Isa ihm nicht zugetraut hätte, wie ihr Blick unschwer erkennen lässt, tritt er die Tür auf.

Das Zimmer ist dunkel bis auf ein paar Kerzen. Lucinda liegt auf dem Boden. Ihre Augen sind geschlossen, klein und verdreht sieht ihr Körper aus. Die Musik ist aus, nur die Nadel des Plattenspielers springt leise. Isa hastet durch das Zimmer, beugt sich über Lucinda.

»Lucinda!«

Nichts. Sie nimmt Lucindas Kopf in die Hände, schüttelt ihn.

»Lucinda, hörst du mich?«

Langsam öffnet meine Schwester die Augen.

»Was soll ich machen?«, frage ich, den Mund an die Fensterscheibe gedrückt, aber Lucinda kann mich nicht hören. Ich stehe vor dem Küchenfenster. Isa hat mich aus der Küche geworfen. Sie hat Angst, dass ich Lucinda vom Essen abhalten könnte. Meine Schwester sitzt zusammengesunken am Küchentisch. Isa hat neue Spielregeln aufgestellt, eine davon ist, dass Lucinda einmal am Tag vor ihren Augen und ohne den Rest der Familie essen muss. Lucinda tobt vor Wut.
»Wieso nur ich? Wieso muss Malina nichts essen?«
»Weil sie normal isst!«, sagt Isa ruhig.
»Ich kann ruhig noch mal mitessen. Kein Problem«, sage ich und Isa sagt »Nein. Raus.« Und schließt die Küchentür ab. Also gehe ich in den Garten und stelle mich vor das Küchenfenster.
Vor Lucinda steht ein Teller Spaghetti. Eine Gabel in der Hand, schaut sie sekundenlang einfach nur auf den vollen Teller. Dann schaut sie vom Teller auf, vorbei an Isa, zu mir. »Malina«, flehen ihre Augen, »hilf mir. Bitte. Es sind Würmer, die durcheinander-, übereinander-, ineinanderkriechen. Durch die Gabel über meinen Mund in meinen Bauch, wo sie Krieg führen und nie zur Ruhe kommen.«
»Wie?«, schreibe ich an die von meinem Atem beschlagene Scheibe. »Sag mir, wie?«
Isa setzt sich zu ihr, legt eine Hand sacht über Lucindas zitternde Hand, die die Gabel hält. Isas Hand führt die Gabel, zu Lucindas Mund. Lucinda schließt die Augen, öffnet den Mund, kaut lange, schluckt. Schon führt Isa die nächste Gabel zu ihrem Mund und die nächste. Lucinda isst. Ihr bleibt keine Wahl.

Irgendwann ist der Teller vor Lucinda fast leer. Ihre Augen füllen sich mit Tränen. Tränen, die auf den Teller tropfen, einen Teich bilden, in dem die letzten Teigwürmer ertrinken. Lucinda weint. Es wird von Mal zu Mal schlimmer. Und das Haus weint mit ihr. Der Wasserfleck an der Badezimmerdecke, der eigentlich schon seit Jahren trocken liegt, wird wieder feucht. Das Haus ist alt und krank, aber es liebt meine Schwester. Ihre Trauer durchströmt seine alten Mauern, und es gibt nichts, was es dagegenhalten kann.

Lucinda kniet am Boden ihres Zimmers, vor ihr steht ein alter Reisekoffer.

»Kannst du mir bitte meine Kleider geben?«

Ich trage einen Stapel ordentlich gefalteter Wäsche vom Kleiderschrank zu Lucinda. Und Lucinda verstaut die Wäsche im Koffer, neben einem alten Stoffhasen, ihrem iPod und einem Foto von Isa, Frieder, Lucinda und mir unter dem Rhododendronbusch. Es ist ungefähr drei Jahre alt. Isa hat einen Arm um Lucinda und einen um mich gelegt und guckt ziemlich stolz in die Kamera.

»Weißt du, ich werde euch schon vermissen.«

»Wo willst du denn hin?«, frage ich. »Nach Tenebrien?«

Lucinda antwortet nicht.

»Du musst nicht gehen«, versuche ich sie zu beruhigen.

Sie schaut mich aus dunkel geränderten Augen an.

»Doch.«

Neben Lucinda am Boden liegt die Platte von Jarvis, sie hebt sie auf, überlegt, sie in den Koffer zu packen. Dann drückt sie sie mir in die Hand.

»Die lasse ich dir hier«, sagt Lucinda
Sie schließt den Koffer, lässt die Verschlüsse zuschnappen, schiebt ihn unter das Bett.

Dr. Zimmermann ist bei uns. Isa und Frieder haben das so entschieden, weil sie Lucinda nicht mehr alleine dorthin schicken wollen. »Zu prekär die Lage. Ich sehe da keine Verbesserung, im Gegenteil«, sagt Isa, und Frieder nickt zustimmend. Lucinda hat sich oben in ihrem Zimmer eingeschlossen und mir den Auftrag erteilt, das Gespräch der Erwachsenen zu belauschen. Erst wollte ich nicht, aber dann hat Lucinda mir ihren Keinen-Widerspruch-Blick zugeworfen, und ich habe ja gesagt.

Jetzt sitze ich zusammengefaltet hinter der Wohnzimmergardine und spähe durch ein kleines Loch, das ich auf Lucindas Anweisungen hin extra für diesen Zweck in die Gardine geschnitten habe.

Frieder und Isa sitzen auf dem Sofa, Dr. Zimmermann ihnen gegenüber in einem Freischwinger. Das ist so ein Stuhl, dessen Lehne mitschwingt, sobald man sich dagegenlehnt. Auf dem Tisch in der Mitte steht Kaffee. Unser bestes Geschirr, zierliches Meißner Porzellan, das Isa nur zu besonderen Gelegenheiten herausholt. Dr. Zimmermann schwingt leicht hin und her, während er mit Isa und Frieder spricht, die Hände hat er im Schoß gefaltet.

»Ja …«, sagt er und schaut sich ungeniert im Zimmer um. Er hängt viel Luft an das *Ja*, so dass es klingt wie jahhahahhhhh. Mit Blick auf Jupiter, die um seine Beine streift, sagt er: »Haustiere haben Sie also auch.«

»Ja, die eine Katze!«
Isas Tonfall macht deutlich, dass sie dieses Thema im Moment nicht im Geringsten interessiert.
»Lucinda bewegt sich nahe am Abgrund«, sagt Dr. Zimmermann.
»Deswegen sind Sie hier, oder?« Isas Blick, der auf Dr. Zimmermann liegt, ist fordernd. Frieder legt ihr beschwichtigend eine Hand aufs Bein. Dr. Zimmermann wippt jetzt schneller nach vorne und hinten.
»Gefährlich nahe.«
Er schaut Frieder an. Frieder nickt wissend. Isa möchte etwas sagen, öffnet den Mund, aber Dr. Zimmermann kommt ihr zuvor.
»Es gäbe die Möglichkeit der Behandlung in einem anderen Raum.«
»Was meinen Sie damit?«
»Eine stationäre Behandlung. Das ist nicht ungewöhnlich in Reifungskrisen dieser Art. Und im Anschluss dann eine lang angelegte tiefenpsychologische Gesprächstherapie. Diese Mädchen sind ja in ihrer inneren Einheit ganz zerrüttet.«
Dr. Zimmermann hat sich inzwischen vollkommen Frieder als Gesprächspartner zugewendet, der jedes Wort aufsaugt. Isa sitzt ganz aufrecht auf dem Sofa, versucht Dr. Zimmermanns Blick einzufangen.
»Was ist da die beste Adresse?«
Dr. Zimmermann schaut aus dem Fenster.
»Die Weidenklinik … Sie liegt außerhalb der Stadt.« Sein Blick schweift in die Ferne. »Ich habe viele Mädchen dorthin und Frauen zurückkommen sehen.«

»Und Sie glauben, dass Lucinda ...«
Er schaut Isa mitleidig an, fällt ihr ins Wort.
»Es gibt keine Sicherheit.«
Jetzt sieht er Isa direkt in die Augen.
»Die Heilungschancen sind bei dieser Krankheit ab einem bestimmten Verlauf nicht unbedingt günstig. Auf lange Sicht gesehen.«
Frieder schaut ängstlich von Dr. Zimmermann zu Isa, deren Atem jetzt schnell geht.
»Noch Kaffee?«
Dr. Zimmermann nickt dankbar, Frieder gießt Kaffee nach. Isa ist aufgestanden, geht aufgebracht im Raum herum.
»Wir sprechen hier von meinem Kind!«
»Ich verstehe die Unruhe. Dennoch sollte man abwägen. Jedes Mädchen ist anders. Erst einmal wäre es hilfreich, wenn Sie alles, was Lucinda sagt, notieren.«
»Erst einmal?«
Dr. Zimmermann fährt mit ruhiger Stimme fort.
»Wissen Sie, diese Mädchen sind gewissermaßen in ihrer eigenen Welt gefangen, in der Verpuppung vom Mädchen zur Frau. Aber manchmal geben sie uns Zeichen. Wir müssen ihre Sprache lernen.«
»Das ist doch totaler Schwachsinn ...« Isa verlässt den Raum. Wirft die Tür hinter sich ins Schloss.
Frieder sieht entschuldigend zu Dr. Zimmermann. Dr. Zimmermann schaut Frieder mitleidig an.
»Für die Betroffenen ist das immer eine sehr schwierige Situation.«

Ich erstatte Bericht. Sitze bei Lucinda auf dem Bett und erzähle ihr alles, von der Weidenklinik bis hin zu Dr. Zimmermanns lautem Schlucken.

Leben kommt in meine Schwester. »Verräter«, zischt sie. »Wo ist er jetzt?«

»Weg.«

»Und die anderen?«

»Keine Ahnung!«

»Komm mit!«

Sie stürmt in die Küche. Barfuß, mit dem langen Nachthemd, das um ihren dünnen Körper flattert, dem blassen Gesicht und den müde hängenden Haaren, sieht sie aus wie ein Gespenst.

»Ich habe Mädchen dorthin und Frauen zurückkommen sehen.« Sie gestikuliert wild mit den Händen in der Luft, äfft Dr. Zimmermanns Stimme nach. Dann geht sie zum Kühlschrank, holt zwei Familienpackungen Eiscreme aus dem Tiefkühlfach, stellt sie auf den Küchentisch.

»Alkohol!«

Ein Befehl. Ich renne zum Küchenschrank, öffne die Tür, hinter der sich die Flaschen verbergen.

»Viel! Das muss gefeiert werden.«

Die drei buntesten Flaschen ziehe ich aus dem Schrank. Lucinda besieht die Etiketten fachmännisch, nimmt zwei der Flaschen an sich.

»Bacardi in einer edlen Zusammenführung mit Kirschschnaps. Das hört sich gut an.«

Ich muss kichern.

Lucinda türmt große Mengen Eis auf einen Teller, gießt aus beiden Flaschen gleichzeitig. Das Eis versinkt im Alkohol. Von

den blauen Astern, die auf dem Tisch stehen, reißt sie eine Blüte ab, dekoriert damit die Spitze des Eisbergs.
»Voilà.«
Sie schiebt mir den Teller hin.
Ein Berg aus Eiscreme, ein Meer aus Alkohol. Plötzlich bin ich unsicher.
»Isst du nicht?«
»Doch.«
Sie geht zum Kühlschrank, holt eine Packung Eiswürfel, lässt sich zwei in den Mund fallen. Die Eiswürfel sind so groß und kalt, sie knacken und splittern im Mund meiner Schwester. Lucinda fröstelt, atmet hörbar aus, reißt den Mund auf, zieht Luft ein, stöhnt: »Kalt!«
In dem Moment kommt Isa in die Küche.
»Was macht ihr hier?«
Ihre Stimme klingt brüchig. Sie sieht Lucinda an, die im Nachthemd vor dem Kühlschrank steht, den Mund voller Eiswürfel. Das Wasser läuft ihr zu den Seiten aus dem Mund. Dann guckt sie zu mir, sieht den Eisberg auf meinem Teller, entdeckt die offenen Flaschen Alkohol. Ihr Blick wandert von Flasche zu Flasche, auf den Teller vor mir, zurück zu Lucinda.
Es ist ganz still in der Küche. Lucinda sieht Isa an. Kaut auf den Eiswürfeln. Dann schluckt sie einen Eissplitter nach dem anderen langsam hinunter.
»Selig sind die Verrückten.«
Es ist ganz still in der Küche. Isa geht einen Schritt vor, holt aus und gibt Lucinda eine Ohrfeige. Ich halte mir die Hände auf die Ohren. Der Schlag hallt durch die leere Küche. Ich glaube, erst der Klang macht Isa bewusst, was sie gerade getan hat. Auf

jeden Fall sieht sie plötzlich ganz bestürzt aus. Lucinda hält sich die geschlagene Wange.
»Spinnst du?!«
Sie funkelt Isa böse an. Dann geht sie aus der Küche. Im Flur vor dem Spiegel bleibt sie stehen. Sie wirft einen zufriedenen Blick auf ihre Wange, auf der sich Isas Handabdruck rot abzeichnet. Eine Trophäe des Widerstands. Lucinda strafft die Schultern und verschwindet, ohne uns eines letzten Blickes zu würdigen.
Isa sieht mich an. Ihr Gesicht sieht so aus, als würde es im nächsten Moment auseinanderfallen.

Ich werde wach, weil Lucinda mitten in der Nacht an meinem Bett steht.
»Malina!«
Durch die halboffenen Gardinen dringt Mondlicht in mein Zimmer, fällt in Lucindas blasses Gesicht. Neben ihr steht der alte Koffer. Über ihrem Nachthemd trägt sie den hellen Mantel, der wie ein Zelt aussieht, so dünn ist ihr Körper. Dazu Wollstulpen an den Armen und einen großen bunten Schal, den sie sich so um Gesicht und Hals gelegt hat, dass man nur noch ihre Augen erkennen kann. Weil sie so friert. Ständig ist sie von Schauern gejagt, stellen sich die Haare an ihren Armen auf zum Schutz gegen die Kälte. Wenn ich könnte, würde ich ihr einen Kokon stricken, einen, den sie sich über den ganzen Körper ziehen könnte. Eine zweite Haut für meine Schwester, damit sie nicht mehr frieren muss. Ein ozeanblauer Kokon, der sie wärmt, so wie das Tenebrische Meer die Schutzlosen.
»Malina, komm jetzt!« Lucindas Stimme reißt mich aus meinen Gedanken. Fast wäre ich wieder eingeschlafen.

Sie steht an meinem Bett und reißt die Decke hinunter.
»Aua! Ja.«
Ich springe aus dem Bett.
»Wir müssen zur Brücke, es ist Vollmond.«
Schnell schlüpfe ich in Jeans und Pullover.
»Psst!« Auf Zehenspitzen laufen wir die Treppe hinunter. Lucinda rüttelt an der Haustür.
»Abgeschlossen.«
An der Schlüsselleiste neben der Haustür hängt keiner unserer Haustürschlüssel. Lucinda schnaubt wütend: »Tolle Idee, Isa! Ganz toll.«
Isa hat auch die Küchentür verriegelt. Also steigen wir durch das Küchenfenster nach draußen in den Garten. Lucinda zuerst, dann reiche ich ihr den Koffer hinaus, der unheimlich schwer ist. Ich frage mich, was meine Schwester alles hineingepackt hat.
Lucinda steht unten vor dem Fenster, nimmt den Koffer entgegen, lässt ihn beinahe fallen. Ich steige auf das Fensterbrett, irgendwie kommt mir der Abstand zum Boden unermesslich hoch vor.
»Komm!«
Sie hält mir ihre Hand hin. Ich springe, lande unsanft auf dem Boden.
»Aua!«
»Psst«, Lucinda schlägt mir die Hand vor den Mund, sieht hoch zum Haus.
Dann laufen wir Hand in Hand den Gartenweg hinunter. Einmal noch blicke ich mich um.

»Warum darf ich nicht mit auf die Brücke kommen?«, frage ich, als wir vor der Brücke stehen.
»Weil ich nicht weiß, was passieren wird.«
»Was soll denn passieren?«
Lucinda antwortet mir nicht. Stattdessen schließt sie die Augen, hält ihren Kopf in den Wind.
»Hörst du das?«, fragt sie, »Hunde.«
»Ich habe Angst alleine«, will ich sagen, aber da ist sie schon auf der Brücke. Läuft ganz bis zum Abgrund. Dort legt sie sich hin. Der Wind streicht leise durch die Bäume. Neben der Brücke in einem Gebüsch sitze ich, meine Beine zittern. »Aufhören«, flüstere ich. Und als Antwort zittern sie noch ein wenig mehr. Ich drücke meine Hände fest gegen die Knie. Lucinda liegt auf der Mitte der Brücke. Der Vollmond wirft sein blassgelbes Licht auf sie. Sie liegt ganz still da, die Augen offen, aber bewegungslos, Arme und Beine weit von sich gestreckt. Die langen schwarzen Haare haben sich wie ein Kranz um den Kopf ausgebreitet. Neben ihr steht der Koffer.
Überall in den Blättern knackt und raschelt es unheilvoll. »Lucinda«, flüstere ich, obwohl ich weiß, dass sie mich nicht hört. »Lass uns nach Hause gehen. Ich friere.« Nichts. Sie bewegt sich keinen Millimeter.
Frieder nennt Lucinda *seine Königin*. Weil sie keinen Widerspruch duldet. Weil sie geradeaus geht, auch wenn die Straße gebogen ist. Weil sie ohne Angst dorthin geht, wo es weh tut.
Ich schaue hoch in den Himmel. Das Zittern breitet sich über meinen ganzen Körper aus.
Können die Sterne mich sehen?
Habe ich in meinem Leben Wünsche frei?

Gibt es irgendwo jemanden, der die Antwort weiß?
Ich schließe die Augen.
Und warte.

Das Fahrrad schwankt müde von rechts nach links, als wir von der dunklen Landstraße auf die Tankstelle fahren. Lucinda fährt im Stehen, tritt angestrengt in die Pedale, während ich auf dem Gepäckträger sitze, den Koffer auf dem Schoß. Lucindas Atem geht schnell und laut.
»Soll ich fahren?«
»Nein!«
Lucinda hält das Fahrrad vor dem Tankstellenshop an, steigt langsam ab.
Bernd, der hinter der Kasse sitzt, uns durch die Scheibe sieht, dreht sich ängstlich weg. Nervös beginnt er, die Zigarettenschachteln hinter sich neu zu ordnen.
Aber Lucinda guckt gar nicht zu ihm.
»Geh du. Ich will nicht rein.« Müde lässt sie sich auf den Boden sinken. Sitzt da, den Kopf zwischen den Beinen, und als ich zögere sagt sie:
»Geh. Geld ist im Koffer.«
Ich lege den Koffer auf den Boden, öffne ihn. Ganz oben liegt Lucindas Geldbeutel, ein mit Blumen bestickter Beutel, aus dem, als ich ihn öffne, leere Kaugummihüllen, Lippenstift und Ringe herausfallen und auf den Boden rollen.
Lucinda sieht den Dingen mit ausdruckslosem Gesicht nach.
Ich laufe hinterher, sammle alles ein.
Bernd hat aufgehört, Zigaretten zu sortieren, sieht nun zu uns hinaus. Als unsere Blicke sich treffen, sieht er schnell weg.

Ich stecke einen Fünf-Euro-Schein in die Hosentasche und betrete die Tankstelle.
Das Licht in der Tankstelle ist grell, die Kühlschränke und Eistruhen summen. Ich spüre, dass Bernd mich ansieht, schenke ihm aber keine Beachtung, nehme eine Packung Kaugummi und ein Eis, lege beides auf die Kasse.
»Deine Schwester sieht müde aus.«
Er lächelt traurig, deutet aus dem Fenster auf Lucinda, die einsam auf der Bordsteinkante sitzt.
»Sehr müde.«
Ich nehme das Geld aus der Hosentasche, lege es ihm hin. Er schiebt es zurück. Ohne ihn anzusehen, nehme ich Eis, Kaugummi und Geld und verlasse den Laden. »Hier.« Ich drücke Lucinda das Kaugummi in die Hand. Sie nimmt die Packung teilnahmslos entgegen.
»Hat er was gesagt?«
Ich muss nicht überlegen, als ich antworte: »Er hat gesagt, dass du schön aussiehst heute Nacht.«
Ein Lächeln huscht über ihr Gesicht. Ich stelle das Fahrrad auf.
»Jetzt fahre ich!«, sage ich und bin selber erstaunt über meine Stimme, die laut und bestimmt klingt. Von meiner Schwester kommt kein Widerspruch. Sie nickt nur.
Ich trete in die Pedalen. Lucinda schlingt die Arme fest um den Koffer. Sie hat den Blick zur Seite gewendet. Frei und erwachsen fühle ich mich, als ich meine Schwester so durch die Nacht fahre. Eine wertvolle, sehr zerbrechliche Fracht. Das Fahren geht leicht, wird immer leichter, wir fliegen fast über die Straßen. Erst, als wir in unsere Straße einbiegen, muss ich

fester in die Pedalen treten. Ich fahre im Stehen, atemlos lasse ich mein Gewicht in die Pedalen fallen, ich spüre, wie Hitze mir in den Kopf steigt vor Anstrengung. Nur noch ein paar Häuser, dann habe ich es geschafft.

»Anhalten!«, sagt Lucinda, als wir an Jarvis' Haus vorbeifahren.

»Halt an!«

Ich fahre noch ein Stück weiter.

»Anhalten!«

Ich halte an. Sie springt vom Gepäckträger, plötzlich ist sie hellwach.

Sie lässt den Koffer auf die Straße fallen, läuft vor zum Gartenzaun. Ich steige ab, und weil das Fahrrad keinen Ständer hat, lasse ich es einfach los, und es landet scheppernd auf dem Asphalt. Ich trete neben Lucinda an den Gartenzaun.

Noch immer liegt der Stuhl unter dem Baum, genauso wie an jenem Morgen. Der Ast, an dem Jarvis baumelte, hängt angebrochen vom Baum herunter. Das Haus ist leer, keine Gardinen mehr in den Fenstern, stattdessen große rote Schrift auf weißen Schildern: *Diese traumhafte Immobilie können sie erwerben*. Darunter eine Telefonnummer. Wir stehen lange da. Sagen kein Wort. Ich greife nach Lucindas Hand, aber da ist nichts, nur Leere. Irgendwann fangen die ersten Vögel an zu zwitschern, und hinter uns geht langsam die Sonne auf.

Isa steht im Türrahmen. Ich weiß nicht, ob sie uns schon lange gesehen, ob sie uns schon vor Jarvis Haus beobachtet hat. Sie ist blass. Sehr blass. Kein Wort sagt sie, als wir an ihr vorbei ins Haus gehen, langsam und mit gesenkten Köpfen. Wir setzen uns auf den Boden und ziehen, ohne aufzublicken, unsere Schuhe aus. Die Stille ist bedrohlich. Hintereinander schleichen wir unter Isas Blick die Treppe hinauf, in der Hoffnung, dass es einfach still bleiben wird, der Sturm an uns vorbeizieht.

»Was denkt ihr euch eigentlich dabei?«

Ihre Stimme fährt wie ein spitzer Pfeil in unsere Rücken. Wir drehen uns in Zeitlupe, wie gegen einen schweren Widerstand um. Heben den Kopf. Sagen kein Wort.

»Ihr begreift es einfach nicht! Das hier ist keine Geschichte, das ist real! REAL!«

Ihr Blick lastet unerträglich schwer auf uns.

»Schau dich doch mal an!«

Sie deutet auf Lucinda. Lucinda sieht an sich hinunter, schaut auf ein dreckig weißes Nachthemd, schwarze Füße und einen Schal, der fast bis auf den Boden hängt.

»Du siehst aus wie ein Gespenst. Was glaubst du, wie lange dein Körper das noch mitmacht? Und dann rennst du nachts in der Kälte rum. Das ist gefährlich!«

Ich bin auf einen Schlag unendlich müde, so müde, dass Isas Stimme sich mehr und mehr von mir entfernt, unwirklich erscheint. Wir setzen uns auf die Treppenstufen, ohne den Blick von Isa abzuwenden, sehr langsam, um sie nicht noch mehr zu reizen.

»Ich kann auch irgendwann nicht mehr. Verstehst du?«

Sie schaut jetzt nur noch Lucinda an.

»Ich kann die Verantwortung nicht mehr übernehmen. Das müssen jetzt andere machen. Ich kann es einfach nicht mehr.«

»Es hat doch eh keinen Sinn.«
Der Satz, kaum hörbar, mehr geflüstert als wirklich ausgesprochen, aber Isa hat ihn gehört.
»Wie bitte?«
Und Lucinda sagt noch einmal, diesmal lauter.
»Es hat doch eh keinen Sinn.«
»Was?«, schreit Isa jetzt. »Was hat keinen Sinn? Sag es mir.«
Lucinda zuckt müde mit den Schultern.
»Alles.«

Die Landstraße führt durch nebelbedeckte Wiesen. Irgendwo dahinter steht die Sonne, noch sehr tief. Das Auto gleitet lautlos über den Asphalt direkt in den aufziehenden Tag hinein. Isas Blick ist ausdruckslos auf die Straße gerichtet. Auf der Rückbank hört man Lucinda schniefen.
»Du kannst mich da nicht einfach hinbringen«, zischt sie.
Isas Blick bleibt unverändert auf die Straße gerichtet.
»Die werden mich nicht dabehalten.«
Stille.
»Hörst du?«
Lucinda beugt ihren Kopf durch die Vordersitze, fixiert Isa mit einem durchdringenden Blick.
»Hörst du, Isa? Die werden mich nicht dabehalten.«
»Lucinda, bitte.« Isas Stimme ist leise und ruhig.
Lucinda beugt sich weiter vor. Ihr Blick ist angsterfüllt.
»Die können mich nicht einfach dort behalten.«
»Das werden die entscheiden!«
»Ich gehe da nicht hin. Ich gehe nicht zu den Irren.«
Als Isa nicht antwortet, wird Lucindas Stimme hysterischer.

»Ich gehe da nicht hin!«
Sie trommelt mit den Händen auf Isas Rückenlehne.
»Ich muss da nicht hin! Ich bin nicht verrückt!«
Sie lässt sich zurückfallen, tritt mit dem Fuß in Isas Sitz. Immer wieder. Ein rhythmisches Trommeln, das lauter und schneller wird.
»Lass mich raus!«
Das Trommeln hört nicht auf, es wird stärker. »Lass mich hier raus!«
Isa tritt auf das Gaspedal. Bäume und Felder ziehen immer schneller vorbei.
»Lass mich raus! Ich ersticke!«
Lucinda kreischt, wirft ihre Beine mit ganzer Wucht gegen Isas Sitz.
»Ich ersticke! Hilfe!«
Das Quietschen von Bremsen. Ein Schlag. Lucinda fliegt mit dem Oberkörper nach vorne und gegen den Sitz. Isa hat mitten auf der Landstraße angehalten. Sie beugt sich nach hinten zu Lucinda, ihr Gesicht ist bleich.
»Die sind auch nicht irrer als du!«, schreit sie. »Die sind ganz bestimmt nicht irrer als du!«
Die hintere Autotür fliegt auf. Lucinda fällt förmlich aus dem Auto, sie rafft sich auf, sieht sich um. Dann rennt sie auf das anliegende Kornfeld.
»Lucinda!« Isa reißt ebenfalls ihre Autotür auf. »Bleib hier!«
Aber Lucinda rennt weiter auf das Feld hinaus, stolpert, rennt weiter.
Isa steigt aus dem Auto. »Komm zurück!«
Dann beginnt auch sie zu rennen. Doch so schnell Isa auch

rennt, sie wird sie nicht einholen können. Deswegen bleibt sie einfach stehen.
»Das ist dein Leben«, schreit sie quer über das Feld direkt in die aufgehende Sonne.
»Dein einziges.«
Dann geht sie in die Hocke, legt das Gesicht in die Hände.

Und dann, von einem Tag auf den anderen, bewegt sich der Boden unter Lucinda, macht die Decke sich über ihr los. Lassen sich Himmel und Erde nur noch notdürftig durch Mütze, Handtuch und Teppich befestigen.
Frieder steht mit Tasche und Mantel in der Küche, trinkt hektisch seinen Kaffee, während er nebenbei in der Zeitung blättert. Isa sitzt am Küchentisch, den Kopf in die Hände gestützt. Ich sitze ihr gegenüber, rühre in meinem Müsli. Als ich schon fast aufgegessen habe, nimmt Isa die Müslipackung und kippt, ohne zu fragen, Flocken in meine Schüssel. Auf meinen vorwurfsvollen Blick antwortet sie mit: »Iss!« Und ich esse. Vor der Tür poltert es, Lucinda landet mit einem Sprung auf dem kleinen Teppich vor der Küchentür, hält dort erschöpft inne. Sie trägt eine Wollmütze und Nachthemd. Unser aller Blicke sind auf sie gerichtet.
»Komm rein. Möchtest du Tee?«, fragt Frieder.
»Ich kann nicht!«
Frieder schaut sie fragend an.
Isa lässt den Kopf tiefer in die Hände sinken. Frieder holt eilig ein schwarzes Notizbuch aus der Jackentasche, notiert etwas. Lucindas Blick ist voller Panik, als sie zu mir schaut und auf den Boden deutet.

»Ich weiß nicht, wie.«

Sie verharrt wie angegossen auf dem Teppich vor der Küche.

Ich schaue zu Isa, die demonstrativ aus dem Fenster schaut, zu Frieder, der seine Notiz gerade beendet hat.

»Sie weiß nicht, wie«, sage ich.

Frieder überlegt, schaut sich um, dann hellt sein Blick sich auf. Er nimmt ein Küchenhandtuch von der Spüle. Kniet sich vor Lucinda hin und legt das Handtuch vor ihr auf den Boden. Lucinda sieht ihn dankbar an, tut einen müden Sprung auf das Handtuch.

Frieder nickt zufrieden.

»Geht doch alles.«

Er beginnt das Haus für Lucinda begehbar zu machen, legt Wege aus kleinen Flokatis von ihrem Zimmer zum Badezimmer, die Treppe hinunter und ins Wohnzimmer.

»Das kann ja nicht das Problem sein«, murmelt er, während er die Teppiche ordentlich aneinanderlegt, »das ist ganz einfach.«

Wenn Isa ihn dabei sieht, macht sie ein verächtliches Gesicht.

Lucinda probiert die Wege aus. Im Nachthemd und mit einem breitkrempigen roten Floppy-Hut hüpft sie von Teppich zu Teppich. Von ihrem Zimmer zum Badezimmer, die Treppe hinunter ins Wohnzimmer zur Küche, wieder die Treppe hinauf und zurück in ihr Zimmer, wo sie erschöpft aufs Bett sinkt.

Frieder steht in der Küche. Er hat vier Mützen auf der Arbeitsfläche ausgebreitet. Eine davon, eine schwarze, auf der mit weißen Lettern *TRY* geschrieben steht, hebt er hoch, hält sie mir hin. »Die könnte ihr gefallen, oder?«

»Hmm.«

»Oder besser die?«
Eine dunkelblaue, aus dicker Wolle gestrickte Pudelmütze.
»Oder die?«
Eine blumenbestickte.
»Finde ich alle gut«, sage ich.
Isa sitzt am Küchentisch und hat den Kopf in die Hände gestützt. Jetzt steht sie auf, schiebt ruckartig den Stuhl nach hinten und verlässt die Küche. Frieder sieht ihr verunsichert hinterher.
Später am Abend höre ich die beiden streiten.
»Die Katze muss weg!« Isa klingt aufgebracht.
»Was hat denn die Katze damit zu tun?«
»Das Tier schläft bei ihr im Bett. Schau dir Lucinda doch an. So ein Tier kann auch Krankheiten übertragen. Toxoplasmose, was weiß ich.«
»Isa, du bist sicher müde, es ist schon spät«, versucht Frieder sie zu beruhigen.
»Stell mich jetzt nicht als hysterisch da. So eine Krankheit, das würde ihr Körper jetzt einfach nicht mehr verkraften. Und alles, weil du ihr unbedingt diesen Wunsch erfüllen musstest.« Jetzt klingt sie richtig wütend. »Weil du nämlich nicht nein sagen kannst.«
»Isa …«, sagt Frieder erschrocken.
»Mädchen brauchen auch männliche Leitbilder! Aber du musstest ihr ja die Katze schenken, kaum hat sie einmal mit den Wimpern geklimpert.«
»Aber du hast doch …«
»Ich habe gar nichts!«, fährt Isa ihn an. Dann ist es still.
Ich stelle mir Frieder vor, der jetzt ganz schuldbewusst in sich

zusammengesunken ist. Vielleicht ist es das, was Lucinda mit Matriarchat meinte.

Frieder und Isa haben ihre Freunde Gina und Ralf zum Kuchen eingeladen. »Das muss auch mal wieder möglich sein«, hat Isa gesagt. »Wir können uns jetzt nicht alle isolieren, nur weil sie es tut.«

Gina und Ralf haben ein kleines Mädchen, Sophia. Sophia ist sechs. Während die Erwachsenen im Wohnzimmer sitzen und sich gedämpft unterhalten, soll ich mich um Sophia kümmern.

»Wollt ihr nicht was in deinem Zimmer spielen?«, hat Isa gesagt und mir dabei mit ihrem Blick bedeutet, dass das keine Frage ist. Jetzt sitzen Sophia und ich auf dem obersten Treppenabsatz und wissen nicht, was wir reden sollen. Oder ich weiß nicht, was ich mit ihr reden soll. Sophia stellt Fragen, die so doof sind, dass ich auf die meisten keine Antwort weiß. In mein Zimmer darf sie auf keinen Fall. Sophia trägt alles in Rosa. Sie scheint das schön zu finden, ständig zupft sie an ihren rosa Haarspangen oder ihrem rosa Kleid aus weichem rosa Nickistoff herum. Wenn sie spricht, spricht sie in der immergleichen monotonen Stimmlage, schaut dabei auf die Teppiche und nie zu mir. Außerdem lispelt sie. Die Treppe ist inzwischen komplett mit Flokatis ausgelegt.

»Wo ist deine Schwester?«

»Bei ihrem Freund«, sage ich

Sophia atmet beeindruckt ein und aus.

»Warum ist das so?«

»Was?«

Sie zeigt auf die Treppe.

»Die Teppiche.«
Langsam bin ich wirklich genervt.
»Warum habt ihr überall diese Teppiche?« Sie kneift die Augen zusammen, sieht mich an. Sie versteht nichts.
»Das sind keine Teppiche. Das sind Eisbärfelle«, erkläre ich. »Nachts schlafen wir unter ihnen, und tagsüber sind sie dafür da, dass wir schneller die Treppen hinunterkommen. Schau.«
Ich setze mich auf einen der Teppiche, rutsche damit laut polternd die Treppenstufen hinunter. Am Ende der Treppe lasse ich mich wie tot auf den Boden sinken. Jupiter kommt, legt ihren Kopf auf meinen Bauch, schnurrt. Sophia sitzt oben an der Treppe, kichert.
»Noch mal.«
Ich stelle mich weiter tot. Ich habe keine Lust, Sophias Alleinunterhalter zu spielen.
»Noch mal!«, kreischt sie.
»Kann nicht mehr«, sage ich, ohne meine Augen zu öffnen.
Sophia klettert die Treppe hinunter, stellt sich neben mich, schaut mich von oben an.
»Was machst du da?«
Ich öffne die Augen, Sophias Gesicht ist jetzt dicht über mir.
»Liegen natürlich. Siehst du doch!«
Sophia starrt mich aus ausdruckslosen Augen an. Wahrscheinlich sieht sie wirklich nicht so gut.
»Warum wollt ihr die Katze nicht mehr?«
»Wer sagt das?«
»Mama. Sie sagt, ihr schenkt uns die Katze.«
Ich richte mich ruckartig auf, werfe Sophia einen gefährlichen Blick zu.

»Sagt sie das wirklich?«
Sophia nickt.
Mit festen Schritten gehe ich an ihr vorbei, die Treppe hinauf in Richtung Lucindas Zimmer.
»Wohin gehst du?«
Sophias steht unten an der Treppe und sieht mir hinterher. Ihre Stimme klingt weinerlich.
Rasch schlüpfe ich in Lucindas Zimmer. Lucinda liegt im Bett und guckt an die Wand.
»Notfall!«, sage ich und schließe dir Tür von innen ab.

Hintereinander marschieren wir in das Wohnzimmer, die Welt der Erwachsenen, ein. Ihr Gespräch verebbt sofort. Lucinda trägt ein Nachthemd und dazu Cowboystiefel. Die Lippen sind dunkelrot geschminkt, auf dem Arm hat sie Jupiter. Ich trage Lucindas Floppy-Hut und ein paar von Lucindas schweren bunten Ketten um den Hals.
Isa, Frieder, Gina und Ralf sitzen um den gedeckten Kaffeetisch. Gina und Ralf haben ihre Hände neben den Kuchentellern ineinander verknotet, lächeln. Sophia sitzt bei Gina auf dem Schoß, schaut mich böse an.
Ich sehe die Angst in Frieders und Isas Augen, als wir direkt auf den Tisch zusteuern. Lucinda rückt lautstark einen der Stühle nach hinten, setzt sich, Jupiter noch immer im Arm, grinst in die Runde. Ich setze mich auf den Stuhl neben sie.
»Teller.«
Wortlos reicht Frieder ihr einen Teller. Lucinda beugt sich über den Tisch, schneidet ein Stück Kuchen ab, häuft großzügig Sahne auf den Teller. Und fängt an, das Kuchenstück in

sich hineinzuschlingen. Keiner sagt etwas, alle starren Lucinda an. Als sie fertig ist, lehnt sie sich zufrieden im Stuhl zurück, seufzt, drückt die Katze fest an sich.
»Ohne sie hätte ich es nicht geschafft.« Sie vergräbt ihren Kopf lange in Jupiters Fell. Dann schaut sie Gina und Ralf an. »Ich kann gar nicht erklären, wie sie es macht.«
Auffordernd schaut sie zu mir.
Das ist mein Einsatz. Mit größtem Ernst sage ich:
»Sie ist ein Magier.«
Dann schweigen wir bedeutungsvoll. Frieder schaut Isa an, dann Gina und Ralf, denen das Entsetzen ins Gesicht geschrieben steht, dann Lucinda und mich.
Lucinda funkelt Frieder vernichtend an. »Sie ist ein Geschenk gewesen!«, zischt sie.
Frieder seufzt, schaut entschuldigend zu Gina und Ralf.
»Du hast immer gesagt …«, ihre Stimme klingt jetzt richtig wütend. Sie muss den Satz gar nicht zu Ende führen, denn Frieder hebt die Hände hoch, als würde er mit einer Waffe bedroht.
»Na gut, dann …«
Isa sieht ihn böse an. Frieder schaut an Gina und Isa vorbei, sucht nach Verständnis bei Ralph.
»… müssen wir vielleicht noch mal darüber reden …«
Sophia fängt an zu weinen, laut und kreischend, aber ohne Tränen. Lucinda greift unter dem Tisch nach meiner Hand, drückt sie fest als Zeichen des Sieges.

Lucinda liegt in ihrem Bett. Unruhig wirft sie sich hin und her, weint leise. Ich sitze neben ihr, halte ihre Hand. Lucinda spricht im Schlaf.

»Ich hab Angst«, sagt sie.

»Du brauchst keine Angst haben.«

Sie wimmert.

»Wovor hast du Angst?«

Aber da hat Lucinda sich schon wieder abgewendet. Schläft jetzt ganz ruhig. Leise stehe ich auf, will auf Zehenspitzen das Zimmer verlassen, als ich einen Schatten im Türrahmen sehe. Es ist Frieder, der dort steht und uns beobachtet, in der Hand das Notizbuch. Er sieht mich an.

»Kannst du nicht schlafen?« Ich schüttle den Kopf.

»Ich auch nicht.«

Eine Zeitlang sagen wir nichts mehr. Wir gucken einfach Lucinda an, die jetzt ruhig atmet.

»Komm, ich bring dich ins Bett«, sagt Frieder und hält mir seine Arme hin.

Das hat er schon lang nicht mehr gemacht, mich auf den Arm genommen. Und erst will ich auch nicht, will lieber alleine in mein Zimmer gehen. Aber er legt einfach seine Hände um mich, hebt mich hoch. Und dort in seinen Armen scheint jeder Widerstand zwecklos. Ich werde weich und biegsam. Wie von alleine legt sich mein Kopf auf Frieders Schulter. Er trägt

mich in mein Zimmer, legt mich aufs Bett, legt die Decke über mich.
»Ich bin doch kein Kind mehr«, beschwere ich mich.
»Natürlich nicht«, sagt Frieder und steckt die Decke um mich herum fest. Etwas, auf das ich als kleines Kind jeden Abend bestanden habe.
»Natürlich bist du kein Kind mehr.«
Dann löscht er die kleine Lampe neben meinem Bett.

Isa reißt die Flokatis vom Boden. Ich laufe neben ihr her.
»Was machst du?«
»Siehst du doch!«
Sie wirft die Teppiche im Flur auf einen Haufen. Obendrauf pfeffert sie die psychologischen Ratgeber. Ich will protestieren, schließlich hat Isa die Ratgeber doch selbst gekauft. Aber ich komme gar nicht dazu, denn da geht die Haustür auf, und Frieder kommt rein. Verdutzt bleibt er stehen.
»Ihr könntet mir auch helfen, anstatt einfach nur rumzustehen! Aber mir hilft hier ja niemand. Ihr steht immer nur daneben und guckt zu.«
»Was machst du da?« Frieders Stimme zittert.
»Das sind Keimfänger.«
Isa reißt einen weiteren Flokati vom Boden. »Das kannst du gleich alles mit zum Müll nehmen.«
Frieder geht an Isa vorbei zu dem Berg, nimmt die Bücher, drückt sie an sich.
Isa sieht ihn lange und fast mitleidig an.
»Sie steht doch eh nicht mehr auf. Seien wir doch wenigstens ehrlich zueinander.«

Frieder tritt jetzt direkt vor Isa, und mir fällt auf, dass er gar nicht so klein ist, wie er immer scheint, er ist eigentlich sogar ziemlich groß. Größer als Isa auf jeden Fall, die sich aber nicht einschüchtern lässt, direkt vor ihm stehen bleibt und seinen Blick hält.

»Ich kann nichts dafür, dass du nicht mehr kannst, Isa. Ich kann auch nichts dafür, dass du keine Hilfe mehr annehmen willst. Aber ich für meinen Teil werde diese Bücher noch lesen!«

»Willst du damit sagen, dass ich nichts versuche?« Isas Stimme klingt schrill.

»Ich will gar nichts sagen.«

»Dir wäre doch noch nicht mal eine Veränderung an deiner Tochter aufgefallen! Sie hätte vor deinen Augen auf Haut und Knochen abmagern können, und du hättest nichts gemacht!«, schreit Isa jetzt.

»Ich lasse mich von dir nicht anschreien!«, brüllt Frieder zurück.

Dann marschiert er, die Bücher unter dem Arm, an uns vorbei nach oben.

»Und ich lasse mir von dir keine Vorwürfe machen!«, schreit Isa.

Dann nimmt sie den letzten Teppich und feuert ihn auf den Flokatiberg. Der Teppich verfehlt nur knapp mein Gesicht, aber ich sage nichts. Isa geht noch einmal zur Treppe.

»Von dir ganz bestimmt nicht!«, brüllt sie Frieder hinterher.

Dann marschiert sie in die Küche und haut die Küchentür so laut zu, dass alle anderen Türen mit erzittern. Wie schnell das gehen kann, dass man die letzte erwachsene Person im Haus ist. Es ist kein beunruhigender Gedanke. Eher eine Feststellung. Ich klettere auf den Flokatiberg, und da bleibe ich sitzen, bis es dunkel ist.

Keiner erwartet mehr, dass Lucinda zum Essen kommt. Es steht auch kein Teller mehr an ihrem Platz. Wir essen schweigend.

Ab und zu verlässt Isa ohne ein Wort den Tisch. Manchmal kommt sie gar nicht. Oder sie sitzt am Tisch und isst nichts. Hebt nur Luft auf mit der Gabel, lässt Luft in ihrem Mund verschwinden.

Wenn sie kocht, dann kocht sie seltsame Dinge, die nicht zueinander passen. Nudeln, Kichererbsen und Mais oder Reis mit angebratener Banane. Frieder schlägt vor, dass er auch mal wieder mehr kochen kann. Isa sieht ihn mit verständnislosem Blick an.

»Warum?«, fragt sie. »Schmeckt es dir nicht?«

»Doch. Sicher«, sagt er und schiebt ein Stück Banane auf seine Gabel.

»Sehr«, füge ich hinzu. »Es schmeckt sehr lecker.«

Isa hört uns eh nicht. Sie lauscht den Geräuschen über uns. Den Geräuschen, die aus Lucindas Zimmer kommen. Oder besser gesagt, sie lauscht den Nicht-Geräuschen, denn in Lucindas Zimmer ist es ganz still. Und diese Stille ist beunruhigender als jedes Geräusch. Wenn Isa nicht zum Essen kommt, dann ist sie meistens draußen. Sie trägt das alte Laub im Garten zusammen.

Vom Küchenfenster aus kann man sie sehen, wie sie mit der Harke den Boden bürstet, Mund und Augen zusammengekniffen.

Frieder sagt, dass es gut für Isa ist, sich an der frischen Luft zu bewegen.
Mir erklärt Isa, während sie den hinteren Teil des Gartens immer und immer wieder durchkämmt, dass sie ab jetzt viel mehr aus unserem Grundstück machen möchte. Im Sommer wird sie Kräuter und Gemüse pflanzen.
»Aber es ist doch erst Dezember«, sage ich und bereue es sofort, denn ein Schatten schiebt sich über Isas Augen.
»Ich denke, es ist eine gute Idee«, füge ich hinzu und erkundige mich gleich über die Einzelheiten. Isa hält einen langen Vortrag über Melisse und Rosmarin und darüber, dass die Tomaten hier am hinteren Gartenzaun ganz ausgezeichnet entlangwachsen werden. Sie erklärt mir ganz genau, was sie wo pflanzen wird. Sie schlägt vor, dass Lucinda und ich jeweils auch ein eigenes kleines Beet haben könnten. Da könnten wir dann pflanzen, was wir wollen. Mir wird langsam kalt, aber Isa hört nicht auf zu reden. Nach dem Vortrag wirkt sie erschöpft.

Die Abende verbringt Frieder an Lucindas Bett. Das macht er jetzt jeden Abend, wenn er vom Arbeiten kommt. Er sitzt neben ihr und wartet darauf, dass sie etwas sagt, dass sie Zeichen gibt. Zeichen, die Frieder in sein Notizbuch schreiben kann, über dem er dann den Rest des Abends in der Küche brütet, ihre Worte auseinander- und wieder zusammensetzt. So lange, bis Isa Mitleid mit ihm hat, in die Küche kommt, das Buch zuklappt und das Licht über dem Esstisch löscht. »Komm jetzt, es ist schon viel zu spät.« Und er, Frieder, steht auf, schleicht hinter ihr ins Bett, wo er auf der Stelle einschläft und Isa noch lange wach ist. Ich kann sie hören, wie sie im Haus herumwandert, zum Klo, in die Küche und wieder ins Bett. Morgens, wenn ich aufstehe, ist sie schon wieder wach, wischt die Rotweinflecken auf dem Holztisch weg, als wollte sie die Schlaflosigkeit der letzten Nacht wegwischen. In ihrem Gesicht jedoch, unter ihren Augen, kann ich sie sehen, sind all die durchwachten Nächte deutlich sichtbar.

Neben Lucinda auf dem Nachttisch steht ein Tablett mit allen möglichen Lebensmitteln, Bananen, Äpfeln, Schokolade, sogar Kaugummi. Daneben eine Schüssel mit Milchreis.

»Flüssige Dinge sind leichter für sie zu essen«, erklärt Frieder mir, während er im Milchtopf rührt.

Seit Frieder die Bücher liest, teilt er mir Wissenswertes über Lucinda mit.

»Der Magen deiner Schwester ist jetzt so klein wie der eines Vogels«, erklärt er mir, »man muss ihn langsam wieder größer machen.«

Frieder führt einen Löffel mit Milchreis langsam und vorsichtig zu Lucindas Gesicht. Lucinda sieht ihn an. Ihr Mund bleibt geschlossen.

»Nur einen …«

Sie macht den Mund auf, kaut, schluckt.

»Kalt.«

Frieder nimmt das schwarze Notizbuch vom Nachttisch, notiert mit großer krakeliger Schrift: Kalt.

Lucinda sitzt auf ihrem Bett. Sie trägt Mütze, Schal und Jacke. Neben ihr steht der gepackte Koffer. Im Hintergrund läuft Jarvis' Platte. Ganz leise. Vor dem Zimmer fährt Isa mit dem Staubsaugerkopf gegen die Flurwände.

»Lucinda?«
Lucinda lächelt. Ihr Gesicht ist inzwischen so schmal, dass es bei jeder Bewegung so aussieht, als ob es gleich auseinanderfällt. Seitdem sie kaum mehr spricht, lächelt sie viel. Aber das Lächeln liegt lose auf ihrem Gesicht, ist nur für Isa und Frieder, damit sie ihre besorgten Gesichter für einen Moment abwenden und sich sicher fühlen können.
»Für mich musst du nicht lächeln.«
Ich lege meinen Kopf in Lucindas Schoß. Das Poltern vor der Tür wird lauter. Isa ist dazu übergegangen, direkt vor Lucindas Zimmer zu saugen. Immer wieder fährt sie mit dem Staubsauger gegen die Zimmertür, bis ich es nicht mehr aushalte, zur Tür gehe.
»Soll ich dir helfen?«
Leise schließe ich die Tür hinter mir. Isa antwortet nicht, schraubt die Bürste ab, beginnt, mit dem bloßen Rohr, in den hintersten Ecken zu saugen. Ich stehe neben ihr und weiß nicht, was ich tun soll. Hinter einem der Schränke huscht eine erschrockene Jupiter hervor, verirrt sich zwischen Isas Beinen. Isa schreit auf: »Nicht schon wieder du!« Sie tritt mit dem Fuß nach der Katze. Die weicht gerade noch aus, schlägt einen Haken und verschwindet fauchend unter dem nächsten Regal.
»Spinnst du?!«, schreie ich.
»Überall und immer diese Katze! Das Haus wird nie sauber sein.«
Isa tritt mit dem Fuß auf den Staubsauger, schaltet ihn aus. Stützt sich auf das Rohr, legt das Gesicht in die Hände. »Ich ertrage das nicht mehr.«
Ich locke die zitternde Jupiter unter dem Regal hervor, nehme

sie auf dem Arm und trage sie vorsichtig die Treppe hinunter in den Garten.

Dann ist Jupiter eines Tages nicht mehr da. Sie ist nirgends zu sehen. Ihr Futter steht unberührt neben der Spüle. Sie kommt auch nicht, als ich sie rufe.
»Jupiter ist weg«, sage ich zu Isa. Frieder geht schnell aus der Küche.
»Sie kommt bestimmt wieder«, sagt Isa und sieht mich dabei nicht an. »Wahrscheinlich ist sie auf Jagd. Das machen Katzen manchmal. Für ein paar Tage verschwinden.«
Ich laufe hinter Frieder her in den Keller.
»Frieder, Jupiter ist weg!«, sage ich. Und Frieder sagt nichts, sieht mich nur an. Und dann sagt er: »Malina, hilf mir mal die Getränkekisten hochzutragen.«
Ich stelle im Garten Schalen mit Katzenfutter auf, suche Jupiter überall. Im Garten, unsere Straße hinunter, in den Nachbarstraßen. Ich klingle an allen Häusern und frage, ob sie unsere Katze gesehen haben.
»Die schwarze kleine?«, fragen sie und gucken mich mitleidig an: »Nee, nicht gesehen.«
Eine alte Frau lädt mich zu Kuchen und Kaffee ein. Sie hat auch eine Katze, einen dicken roten Kater, der Mikado heißt. Mikado sitzt bewegungslos in einer Ecke des Zimmers und guckt uns böse an. Die Frau möchte wissen, was eigentlich mit der Familie ganz oben an der Straße passiert ist. Die hätten ja nur so kurz dort gewohnt. Kaum ein halbes Jahr, und schon sah sie die Möbelwagen wieder hinunterfahren. Mir wird schlecht. Ich kann nicht antworten. Rasch würge ich den Kuchen hinunter

und bedanke mich bei ihr. Sie packt mir noch ein Stück für meine Schwester ein, weil die so blass und schmal ist, und verspricht mir, nach Jupiter Ausschau zu halten. Den Kuchen werfe ich in die nächste Mülltonne. Dann renne ich nach Hause. Nachts habe ich Albträume.

Da ist Frieder. Er fährt eine dunkle, am Waldrand gelegene Straße entlang. Kleine Einfamilienhäuser, viele Neubauten. Regentropfen fliegen gegen die Frontscheibe des Autos, fließen in dünnen Rinnsalen die Scheibe hinunter. Suchend schaut Frieder aus dem Fenster. Dann hält er vor einem der Häuser an.

Im hellen Küchenfenster sieht man Menschen am Esstisch sitzen. Erst sind es Gina, Ralf und Sophie, dann sind es mit einem Mal Fremde. Frieder steigt aus dem Auto, geht auf das Haus zu. Er humpelt, läuft, als hätte er eine schwere Verletzung am Bein. Er trägt einen kleinen Korb, darin sitzt Jupiter. Sie ist kleiner als sonst, so klein wie ein Vogel und jammert. Kurz vor dem Gartentor bleibt Frieder stehen, er nimmt Jupiter aus dem Korb und setzt sie vor sich auf den Boden. Ganz kurz nur bleibt sie dort stehen, sieht Frieder an, miaut. Frieder steht bewegungslos da, schaut die Katze an, die jetzt in dieser ungewohnten Umgebung noch kleiner, noch hilfloser aussieht.

»Wie du willst«, sagt Frieder.

Dann rennt Jupiter plötzlich los, ist mit einigen wenigen Schritten im Dunkel des Waldes verschwunden. Frieder geht langsam und mit schleppenden Schritten zum Auto. Setzt sich hinein. Der Regen ist stärker geworden, schwere Tropfen prallen auf der Fensterscheibe des Autos auf, zerplatzen. Frieder stellt den Scheibenwischer an. Monoton summend fährt der

Scheibenwischer auf der Scheibe von links nach rechts und zurück, kämpft einen sinnlosen Kampf gegen den Regen. Kurz macht Frieder das Fernlicht an, leuchtet dorthin, wo Jupiter verschwunden ist. Da steht Lucinda und sieht ihn an. Er schaltet das Fernlicht wieder aus, legt den Kopf auf das Lenkrad.

Lucinda schläft nicht mehr. Ihre Augen sind offen. Auch bei Nacht. Sie liegt zwischen schweren Decken, dünn und blass. Inzwischen haben sich fast alle Sterne von der Decke gelöst, liegen verstreut auf dem Fußboden. Manchmal hebe ich einen von ihnen auf und trage ihn in ein anderes Zimmer, wo er einsam im Dunkeln leuchtet.

Ich ziehe die Vorhänge auf, Licht fällt in das Zimmer.

»Lucinda?«

Lucinda reagiert nicht. Über ihrem Gesicht liegen ein paar Haare, die streiche ich weg. Dann lege ich meinen Kopf direkt neben ihren, flüstere in ihr Ohr: »Lucinda, ich bin's, Malina.«

Aber Lucinda reagiert nicht. Ihre Augen sind unbeweglich zur Decke gerichtet. Auf Zehenspitzen schleiche ich zum Plattenspieler.

Ich drücke auf einen der großen Knöpfe, rotes Licht leuchtet auf. Am Boden liegt die *Common People*-Single, vorsichtig ziehe ich die schwarze Scheibe aus dem Cover, lege sie auf den Plattenteller, führe den Plattenarm auf Anfang.

She came from Greece she had a thirst for knowledge. Jarvis' Stimme dringt leise aus den Boxen, bis zu Lucindas Bett. Keine Reaktion. Ich drehe die Platte lauter, erst nur ein bisschen, und als Lucinda nicht reagiert, immer lauter und lauter, bis Jarvis' Stimme durch das Zimmer rauscht wie eine Welle, über mich

hinweg schreit er Lucinda an: »You wanna live like common people? You wanna do what common people do?«
Lauter, noch lauter drehe ich, bis der Plattenspieler irgendwann nicht mehr an Lautstärke hergibt. Die Musik in meinen Ohren zu einem dumpfen Dröhnen verschwimmt. Ich halte mir die Hände auf die Ohren, starre meine Schwester an, die sich immer noch nicht regt. Ich will, dass sie aufsteht. Ich will, dass sie zu mir kommt, meine Hand nimmt, mich aus diesem Zimmer führt, aus dem Haus, die Straße hinunter bis dorthin, wo alles zu Ende ist. Ich schließe die Augen. Wir stehen am Ende von allem und schauen hinaus in die unendlichen Weiten. Schauer laufen mir über den Rücken. Lucinda hält meine Hand ganz fest. »Keine Angst, so ist das eben.«
Als ich aufschaue, steht Isa in der Zimmertür, schaut Lucinda an. Lucinda, die noch immer unbeweglich im Bett liegt, den Blick zur Decke.
»Lucinda!« Isa geht zum Bett rüber, packt Lucinda an den Schultern, rüttelt an dem dünnen Körper, der leblos in ihrem Griff hängt, gegen das Bett fällt, als sie ihn loslässt. Dann geht sie zum Plattenspieler.
»Ich kann nicht mehr. Kann nicht mehr!«
Sie reißt die Platte herunter, die Nadel fährt quietschend über den Plattenteller. Dann nimmt sie die Platte vom Spieler, fasst sie mit beiden Händen.
»Nein!«, schreie ich.
Aber da ist es schon zu spät. Die Platte gibt ein splitterndes Geräusch von sich, dann bricht sie in der Mitte.
»Jetzt ist Schluss! Schluss! Schluss!«, schreit Isa, pfeffert die Reste der Platte in die Ecke des Zimmers. Als Nächstes ist das

Cover dran, Isas Hände werden zu einer Maschine, die ich nicht mehr stoppen kann. In kleinen Einzelteilen fliegt die Hülle durch das Zimmer, landet auf Lucindas Schreibtisch, vor ihrem Bett.

Dann sinkt Isa zu Boden. »Ich drehe noch durch«, wimmert sie. »Ich drehe vor euren Augen durch.«

Als Frieder nach Hause kommt, findet er uns schlafend. Isa hat den Arm um mich gelegt, beide liegen wir am Fußende von Lucindas Bett, wo wir erschöpft eingeschlafen sind. Frieder nimmt eine Wolldecke vom Zimmerboden, legt sie über uns, fängt an, die Pappschnipsel und Plattenreste zusammenzusuchen, in den Papierkorb zu werfen. Wir sehen ihm schweigend dabei zu. Irgendwann richtet sich Lucinda im Bett auf.

»Es ist so wie mit den Walen unter dem Eis. Es ist immer da. Groß und dunkel«, sagt sie, und ihre Stimme klingt sehr klar.

»Ich weiß«, sagt Frieder.

Und diesmal schreibt er nichts in sein Notizbuch, stattdessen zieht er leise die Gardinen zu. Er nimmt Isa in den Arm, schiebt sie aus dem Raum. Ich will bei Lucinda bleiben, aber Frieder sagt, dass er einen Moment mit Lucinda alleine sein möchte. Ich schaue meine Schwester an und meine zu sehen, dass sie mir zunickt. In Zeitlupe bewege ich mich aus dem Bett. Frieder schließt die Tür vor Isas und meiner Nase. Stumm gehen wir die Treppe hinunter.

Ich schleiche durch das Haus. Mir fällt auf, wie leer und einsam es hier ist, seitdem Lucinda kaum mehr aus ihrem Zimmer kommt. In den restlichen Zimmern ist sie nur noch schwach wahrnehmbar. Etwas vor langer Zeit Dagewesenes.

Ich setze mich auf die Treppenstufen vor der Haustür. Die Luft ist feucht und neblig. Mir ist kalt. Von hier aus kann ich Janis' Schrein sehen. Die Türen des Schranks stehen weit offen. Er ist leer. Jemand hat den Engel hinausgenommen. Frieder wahrscheinlich. Das Konfetti ist inzwischen von einer dünnen Eisschicht bedeckt. Ich gehe rüber zum Schrank und schließe die Tür. Ob Frieder versuchen wird, Janis wiederzubeleben? »Vielleicht sollte ich ihm sagen, dass es dir dort, in Tenebrien, eigentlich ganz gutgeht«, sage ich in Richtung des Schreins. Vielleicht sollte ich mich auf den Boden legen und in den Himmel gucken. Ob Janis das so gewollt hätte? Mit der Fußspitze kratze ich Eis vom Boden und lege ein paar der Konfetti frei. Bei dem Gedanken, mich auf die dünne Eisschicht zu legen, laufen mir Kälteschauer über den Rücken. Als Kinder haben wir Schneeengel gemacht. Wir haben uns in den Schnee gelegt, unsere Arme und Beine zur Seite ausgebreitet und wie Scheibenwischer über den Schnee geschoben, oben und unten über den Schnee geschoben. Lucinda ist immer so lange liegen geblieben, bis ihre Lippen blau wurden und Isa sauer war, weil sie dachte, dass Lucinda am nächsten Tag mit Halsschmerzen im Bett liegen würde. Aber Lucinda war nie krank. Später hat sie mir mal erklärt, warum. »Weil der Schmerz entweder in den Gedanken oder im Körper lebt, und bei mir war er schon von Geburt an in den Gedanken.«
Plötzlich spüre ich etwas Weiches an meinem Bein. Jupiter. Sie maunzt leise. Ihr Ohr ist eingerissen, an den Rändern klebt getrocknetes Blut. Beim Gehen zieht sie das hintere Bein nach. »Jupiter«, sage ich und knie mich auf den Boden. »Wo bist du bloß gewesen?«, flüstere ich ihr ins Ohr. Und sie reibt ihren

Kopf an meinem Pullover. »Komm, ich helfe dir«, flüstere ich und laufe ins Haus.

Es gibt ein Desinfektionsmittel, das Isa benutzt, um unsere Kratzer und Wunden zu desinfizieren, damit will ich Jupiters verletztes Ohr säubern. Auf dem Weg ins Badezimmer sehe ich Isa und Frieder durch die halbgeöffnete Küchentür.

»Ich rufe da jetzt an.«

Ich bleibe stehen. Isa sitzt am Küchentisch. Sie hat den Kopf auf den Tisch gelegt, wie ein kleines Mädchen, das in der Schule eingeschlafen ist. Obwohl ihre Augen geschlossen sind, kann ich sehen, dass sie weint. Frieder gießt Kaffee in einen großen Becher, stellt ihn vor Isa auf den Tisch.

»Isa …«

»Nein«, flüstert Isa.

»Doch, Isa, es geht nicht anders.«

»Nein.« Sie schluchzt jetzt laut.

Frieder greift nach dem Telefon, wählt, hält den Hörer ans Ohr.

»Wir bräuchten einen Krankenwagen … Ja … Schillerstraße 20 … Danke schön.«

Es dauert einen Moment, bis ich verstehe.

Jupiter auf dem Arm renne ich die Treppe zu Lucindas Zimmer hoch, so schnell, wie ich noch nie gerannt bin, nehme zwei, drei Stufen gleichzeitig. Die Zimmertür ist geschlossen.

»Lucinda!«

Atemlos trete ich in ihr Zimmer.

»Lucinda?«

Mein Blick wandert vom Bett durch alle Ecken des Zimmers.

Es ist leer. Das Bett ist leer. Keine Lucinda. Kein Koffer. Nur ein offenes Fenster. Die Gardine weht leise in das Zimmer hinein.
Ich lasse Jupiter fallen, renne zum Fenster.
Da kann ich sie sehen. Lucinda geht den Gartenweg hinunter, ganz aufrecht, den Koffer so locker in ihrer Hand, als hätte er kein Gewicht. Sie trägt den hellen Mantel und ihren roten Floppy-Hut. Barfuß trotz der Kälte.
»Lucinda!«, rufe ich, aber es kommt kein Ton aus meinem Mund. Sie öffnet das Gartentor.
Weit weg höre ich die Sirene eines Krankenwagens. Das Gartentor fällt lautlos hinter Lucinda ins Schloss, dann verblasst ihre Silhouette, fällt zusammen mit dem Nebel. Ein warmer Wind weht durch das Fenster zu mir herein.
Vor dem Haus hält mit quietschenden Reifen der Krankenwagen. Ich höre Frieders Schritte im Flur näher kommen. Leise schließe ich das Fenster.

Eines Tages hat meine Schwester ihren Koffer genommen und ist gegangen.
Niemand weiß, wohin sie gegangen ist, niemand weiß, wann sie wiederkommt. Wenn die Erwachsenen immer und immer wieder fragen: »Warum?«, denke ich an den Stern, der auf dem Höhepunkt seines Lichts vom Himmel fällt. Damit die anderen nicht geblendet werden. So ist das eben.

Epilog

Reinhard Mey_*Über den Wolken* 3:49
Conor Oberst_*Milk Thistle* 5:21
The Beatles_*Girl* 2:34
Lou Reed_*This Magic Moment* 3:24
Arcade Fire_*My Body is a Cage* 4:47
Janis Joplin_*Piece of My Heart* 4:13
The Beatles_*Drive My Car* 2:27
Dolly Parton_*Jolene* 2:41
I Am Kloot_*Strange Little Girl* 2:15
Adriano Celentano_*Svalutation* 3:07
Eagles_*Hotel California* 6:31
Pulp_*Common People* 5:51
Hope Sandoval and the Warm Inventions_*Trouble* 5:23
M. Ward_*Poison Cup* 2:40
I Am Kloot_*At the Sea* 2:02